Ralf Neubohn

Herzlich willkommen Gartenschau

Ein literarischer Blumenstrauß

Ralf Neubohn

Herzlich willkommen Gartenschau

Ein literarischer Blumenstrauß

Bibliografische Information der Deutschen Nationalbibliothek
Die Deutsche Nationalbibliothek verzeichnet diese Publikation
in der Deutschen Nationalbibliografie;
detaillierte bibliografische Daten sind im Internet
über www.dnb.de abrufbar.

Herstellung und Verlag: BoD – Books on Demand, Norddersted

ISBN: 978-3-7494-1970-8

Für alle ehrenamtlichen Helfer der Gartenschau

Inhalt

Vorwort des Herausgebers Ralf Neubohn

16 Städte und Gemeinden unterstützen die Gartenschau an der Rems. Das ist eine sehr beachtliche Leistung. Mit dabei sind derzeit: Böbingen, Essingen, Fellbach, Kernen im Remstal, Korb, Lorch, Mögglingen, Plüderhausen, Remseck, Remshalden, Schorndorf, Schwäbisch Gmünd, Urbach, Waiblingen, Weinstadt, Winterbach.

Sie haben Vorbildliches geleistet.

Auch die Städte Heilbronn und Ingolstadt haben ein wunderbares Konzept für ihre Gartenschauen erstellt.

Um diese wunderbaren Gartenschauen indirekt zu unterstützen habe ich mein Projekt „Gartenschau Triologie" gestartet, in der drei ganz unterschiedliche Bücher zu diesem Themenkreis erscheinen.

Viel Spaß beim Lesen!

Ihr Ralf Neubohn

2. Vorwort:

Die Gartenschauen finden wir so gelungen und für die Bürger wichtig, dass aus der geplanten Trilogie inzwischen nun sogar 8 Bände werden. Das ist so viel Arbeit, dass man in England aus Anerkennung für diese Leistung wohl geadelt oder sonst wie geehrt würde. In Deutschland muss man sich leider mit dem Gefühl begnügen, eine gute Sache mit allen seinen Kräften unterstützt zu haben.

Um für jeden Geschmack etwas zu bieten, haben die Gartenschaubände verschiedene Formen der Umsetzung. Es gibt heitere Bände, Krimis, eher sachliche Bücher usw.

Es sind bereits erschienen bzw. erscheinen noch:

Humorvolle Bücher mit leichtem Fantasyeinschlag:

„Flammenfeder live von der Gartenschau", „Gartenschau Phantasie".

Bücher mit Kurzkrimis und / oder schwarzen Humor:

„Die Gartenschau-Morde", „Tod auf dem Kaktus", „Neues vom 1. April, dem Waiblinger Altstadtfest und der Gartenschau".

Bücher mit eher informativen und leicht humorvollen Texten:

„Herzlich Willkommen Gartenschau", „Galaabend für die Gartenschau", „Abschiedsvorstellung für die Gartenschau".

Es würde uns sehr freuen, wenn Sie an den Bänden viel Freude haben und diese aus ganzem Herzen weiterempfehlen, damit auch andere Freude daran haben können.

Vielleicht sehen wir uns ja einmal auf der Gartenschau?

Bis dann, Ihr Ralf Neubohn

Danksagung

Bevor ich mit einer Kurzgeschichte diese Anthologie starte, möchte ich herzlich allen Autoren danken, welche Texte eingesandt haben. Es schrieben mir so viele Menschen wunderbare Texte, dass die Auswahl sehr, sehr schwer wurde. Eigentlich hätten fast alle Texte die Veröffentlichung verdient, aber dies ging aus Platz- und Zeitgründen leider nicht.

Daher ein großes DANKE an alle, welche mir Texte zukommen ließen, ob sie nun in dem Buch vertreten sind oder nicht.

Dieses große Interesse an dieser Anthologie zeigt, wie sehr die Menschen sich auf die Gartenschau freuen.

Und diese Freude besteht zu Recht. Denn die Stadt und viele ehrenamtliche Helfer haben wirklich großes, sehenswertes vollbracht.

Damit meine ich nicht nur die Anlagen auf dem Gartenschaugelände, sondern auch das sehr ansprechende, abwechslungsreiche Rahmenprogramm. Dieses kann sich wirklich sehen lassen und wird wohl meist von Ehrenamtlichen gestaltet. Z.B. ehrenamtliche Lesungen von Autoren.

Darum: herzlichen Dank allen, die in der einen oder anderen Form zum Gelingen der Gartenschau beigetragen haben.

Die handelnden Personen und Ereignisse meiner folgenden Kurzgeschichte sind frei erfunden und haben natürlich keinerlei Ähnlichkeit mit lebenden oder verstorbenen Personen.

Ralf Neubohn

Drama um Herrn Besser-Weiss

Der Oberstudienrat Herr von und zu Besser-Weiss gehörte zu der Sorte der besonders pedantischen-rechthaberischen Menschen.

Aus irgendwelchen dunklen Gründen gelang es ihm, bei der Gartenschau eine Führung zu veranstalten. Die ihm anvertrauten Besucher stöhnten bald über seine trockene, belehrende Art. Diese einfach „oberlehrerhaft" zu nennen, wäre stark untertrieben gewesen. Als es ihm schon nach 30 Minuten erfolgreich gelungen war, den Besuchern jede Freude am Leben und an der Gartenschau zu nehmen, hielten sie an einem besonders schönen Pflanzenbeet.

Herr Besser-Weiss dozierte über die Wirkung von Heilpflanzen und wie sie schon seit Jahrhunderten die Menschen von ihren Leiden befreiten.

Erst kicherte ein Mädchen leise, bevor alle anderen laut schallend zu lachen begannen. Dem Oberstudienrat blieb vor Verblüffung die Spucke weg. Dass er Menschen zu Tode langweilte, machte ihm stets viel Freude. Aber dass er diese zum Lachen brachte, verwirrte ihn. Eine junge Frau gluckste kichernd: „Stimmt. Mit diesen Pflanzen wurden sicherlich schon viele Menschen von ihren Leiden erlöst."

Erst jetzt las Herr Besser-Weiss die Pflanzennamen: Schierling, Roter Fingerhut, Wolfsmilch, Küchenschelle, Tollkirsche, Herbstzeitlose und Bilsenkraut.

Vor Scham wurde er so rot wie der Fingerhut und hätte am liebsten alle Pflanzen des vor ihm ruhenden Giftpflanzenbeetes gegessen!

Das große Ereignis

Immer wieder bitten mich Leser meiner verschiedenen Gartenschau-bücher ausführlich darüber zu schreiben, warum ich so von der Gartenschau begeistert bin.

Eigentlich habe ich es schon sehr oft getan. Z.B. in „Galaabend für die Gartenschau". Aber nun denn, hier das Wichtigste in Kürze, was sich zum Teil auch mit anderen Texten von mir in diesem heutigen Buch überschneiden wird.

Ich finde es eine sehr große, beachtliche Leistung, dass sich 16 Städte und Gemeinden an der Rems zu einem gemeinsamen Projekt zusammengefunden haben. Wer von den Lesern Mitglied in einem großen Verein ist, weiß sicherlich, wie schwer es oft ist, so viele verschiedene Meinungen unter einen Hut zu bringen. Und hier wird es bestimmt auch nicht ganz leicht gewesen sein.

Alle 16 Städte und Gemeinden haben sich viel zur Gartenschau einfallen lassen und zahlreiche der Projekte sind sehr nachhaltig. Dies will ich am Beispiel Waiblingen näher erläutern.

Die Gehwege auf der Talaue wurden erneuert, zusätzlich Sitz-möglichkeiten geschaffen. Es entstanden die Rems-Terrassen, die Kunstlichtung, der Kletterpark, die neue Skateranlage usw. Alles Dinge, von denen die Bürger noch in vielen Jahren etwas haben. Es wurde also auf Nachhaltigkeit wert gelegt.

Genauso nachhaltig könnte sich auch das Kultur- und Sportangebot auswirken, da die Bürger auf dem Gartenschaugelände mit den ver-schiedensten Projekten in Berührung kommen und vielleicht für sich die eine oder andere Sportart oder einen neuen Künstler entdecken.

Dies kann leicht geschehen, da es ein sehr gutes, äußerst abwechslungs-reiches Rahmenprogramm der Gartenschau gibt.

Das Ganze ist von den Verantwortlichen der Stadt sehr voraus-schauend geplant. Eine Investition für die Zukunft. Denn die Bürger haben nicht nur den Nutzen von den Baumaßnahmen und dem Kultur- und Sportprogramm, sondern auch von dem touristischen Schub, den die Region bekommt.

Bei den vorbereitenden Treffen zur Gartenschau waren außer den sehr professionellen Verantwortlichen der Stadt auch viele ehren-amtliche Bürger zugegen, die sich mit ganz wunderbaren Ideen und Projekten einbrachten.

Alle Anwesenden bei den Vorbereitungstreffen zur Gartenschau hätten für ihren großen Einsatz einen Engagements- oder sonstigen Ehrenpreis verdient.

Ein großer Vorteil ist es für die Bürger auch, dass fast alle Projekte keinerlei Eintritt kosten. So gibt es also meistens monatelang Blumen, Kultur und Sport umsonst.

Herzlichen Dank auch den vielen Autoren, die bei einigen Gartenschau-büchern mit guten Texten dabei sind. Erst durch diese Texte wurde z.B. „Herzlich willkommen Gartenschau" so schön.
Ich freue mich schon sehr auf die Gartenschau an der Rems und werde mir des Öfteren das Kultur- und Sportprogramm anschauen gehen. Auch allen die sich hierbei engagiert haben, ein großes Dankeschön. Denn jeder Einzelne, der sich in irgendeiner Form einbringt, ist eine Bereicherung des Ganzen.

Und ich finde es unbeschreiblich schön, dass wir alle bald monatelang aufs Beste unterhalten werden. Ein ereignisreicher Sommer liegt vor uns.

Freuen wir uns auf ihn!

Spaziergang

Herr Wulf Wuffig ging zum wiederholten Male mit seinem Hund über das wunderschöne Gartenschaugelände spazieren.

Von den schönen Remsterrassen liefen sie zum herrlichen Gelände beim Hallenbad. Herr Wuffig bewunderte genüsslich die Skateranlage, in der sich die jugendlichen höchst sportlich betätigten. Während er mit seinem Hund über den renovierten Gehweg in Richtung Rundsporthalle weiterlief, freute sich Herr Wuffig schon, auf dem Rückweg am Kletterpark vorbeizukommen.

Denn dort turnten junge Menschen unermüdlich herum. Ein bewunderungswürdiger Anblick.

Auf der Rems schossen Paddelboote an ihm vorbei. „Ja", dachte er. „Für das Sportangebot wurde auf der Gartenschau viel getan. Dazu die vielen schönen Blumenbeete, was will man mehr?" Und doch schien ihm eine Kleinigkeit zu fehlen. Das I-Tüpfelchen sozusagen. Da ertönte von der Kunstlichtung her eine so schöne Lesung, dass sogar sein Hund die Ohren spitzte. Als sie eine Weile später zu Ende ging, liefen Herr und Hund zufrieden bis zur Rundsporthalle und von da aus über den Kletterpark zurück. Plötzlich erklang vom See her eine wunderbare Musik. Voller Begeisterung eilten sie zu den faszinierenden Klängen und eine große, innere Befriedigung überkam beide. Blumen, Sport und auch noch Kultur. Besser konnte keine Gartenschau sein.

Voller Dankbarkeit kehrten Herr Wuffig und sein vierbeiniger Begleiter Heim.

Eigentlich

Eigentlich wollte ich nur kurz ein paar Sätze zum Thema Gartenschau schreiben. Schnell und ohne großen Zeitaufwand rasch ein Lob aussprechen.

Ja, eigentlich ...

Viele Autoren unter meinen Lesern werden die Alarmglocken schrillen hören. Nur kurz und schnell ein paar Zeilen aufs Papier bringen zu wollen, ist meist der Beginn langer, harter Arbeit. Die Hoffnung rasch etwas zu erledigen, ist nicht selten eine Art Selbstbetrug, ohne welchen das eine oder andere Schreibprojekt nicht in die Gänge gekommen wäre. Und so will der Autor nur noch dieses zusätzlich kurz ansprechen, jenes nebenbei ergänzen und unversehens wächst und gedeiht das Buch. Wird unbemerkt dicker und dicker, muss schließlich in mehrere Bände aufgeteilt werden und der Autor merkt zu seinem Schrecken, dass er noch lange kein Ende sieht. Noch so vieles muss ins Buch kommen.

So geht es vielen von uns des Öfteren. Mit der Gartenschau-Trilogie lief es ähnlich. Es sollten eigentlich nur drei Bände werden. Drei Bände sind schließlich mehr als genug, um alles Wesentliche zu behandeln.

Dachte ich ...

Ach, man denkt so vieles. „Herzlich willkommen Gartenschau", „Gartenschau Phantasie" und „Abschiedsvorstellung für die Gartenschau" gerieten zu einer derartige Dicke, dass sie mehrfach in viele weitere Bände aufgeteilt werden mussten. Schließlich lag es klar vor Augen: Aus den drei Bänden entstehen acht Bände. Acht Bände!

Und mir fiel noch so viel Erzählenswertes ein! Von der Rems-terrasse, der Kunstlichtung usw. Schließlich beschlich mich der leise Verdacht, dass es auch nicht bei acht Büchern sein Bewenden haben würde. Schon lächelten mich die Zahlen neun und sogar zehn versteckt an. Oh, weh!

Es kam dann, wie es wohl kommen musste, wie es mir schon vorher hätte klar sein können: Voller Begeisterung schrieb ich viele Monate lang an den Bänden und noch immer ist kein Ende in Sicht! Noch so viel Anerkennendes will noch KURZ erwähnt sein. Zuweilen denke ich: Eigentlich wäre es manchmal gut, kein Autor zu sein. Aber dann ermahne ich mich selber streng: Wenn etwas wie die Gartenschau so herausragend gut ist, MUSS es auch mit allen Kräften unterstützt werden.

Der Alleskönner

Die drei jungen Freunde Karl, Ludwig und Bert liefen über das schöne Gartenschaugelände. Karl und Ludwig bewunderten die Anlage sehr. Die Blumen, aber auch die durchgeführten Baumaßnahmen. Z.B. die Remsterrassen, die renovierten Gehwege. Nur Bert fand an allem etwas auszusetzen und meckerte pausenlos. Die neue Skateranlage gefiel ihnen sehr gut und die vielen Kunststücke welche die Jugendlichen dort machten noch mehr.

Nur Bert fand, dass er viel bessere Kunststücke könne, nur leider habe er seine Skaterausrüstung irgendwo verloren. Als sie bei einer Lesung an der Kunstlichtung vorbeikamen, hörten sie dem gelungen Texten einer jungen Autorin begeistert zu, bevor sie weitergingen. Bert meinte, dass er viel besser schreiben und vorlesen könne. Aber für sowas habe er keine Zeit.

Am Kletterpark angelangt sahen sie Kinder und Jugendliche, die mit einer unglaublichen Geschwindigkeit sich in großen Höhen bewegten. Bert sagte abschätzig: „Pah, sowas ist doch für einen echten Profi wie mich ein Klacks. Was ist denn da schon dabei?" Karl reichte die dauernde Angeberei von Bert und er rief zornerfüllt: „Dann zeig es uns jetzt. Wo ist das Klettergenie Bert?"

Dieser schluckte, schaute angstvoll in die große Höhe. Sollte er sich eine Blöße geben und kneifen? Da inzwischen auch Ludwig stichelte, kletterte er nun doch angstbebend in die Höhe. Ganz oben angelangt, bekam er dermaßen Höhenangst, dass er sich zitternd anklammerte und den Rückweg nicht wagte. Wie eine Katze auf dem Baum. Ludwig sagte zu Karl: „Sollen wir den Angeber obenlassen und allein die schöne Gartenschau ansehen? Bert verdirbt uns doch nur den Tag."

Karl überlegte lange: „Na ja, besser wäre es schon ihn obenzulassen. Aber andererseits bekäme ich ein schlechtes Gewissen."

„Oh, nein! Sollen wir uns echt weiter den Tag verderben lassen? Er meint ja alles besser zu können als andere, soll er doch allein runterklettern."

So diskutierten sie sehr lange, während Bert laut um Hilfe zu schreien begann. Nach einer Weile kam die Feuerwehr, holte Bert wie ein Kätzchen aus der großen Höhe herab und lachte sich dabei kaputt. Zu Karl und Ludwigs Freude ließ Bert den ganzen restlichen Tag nichts mehr von sich hören und lief stumm neben ihnen her. „Wenn es nur immer so wäre", dachte Ludwig. Er seufzte aus tiefstem Herzen.

Der Besucher

Die Gartenschau nahm ihren Gang, von nah und fern reisten Besucher an und kehrten von ihr begeistert wieder nach Hause zurück. Der Erfolg sprach sich so schnell herum, dass die Gäste von immer ferneren Orten kamen.

Wie staunten die Waiblinger, als sie eines Tages am Bahnhof den weitgereistesten Besucher sahen! Er kam von einem sehr fernen Land und eilte im Rekordtempo die Bahnhofsstraße hinab, direkt auf das Gartenschaugelände. Dort verweilte der Unbekannte mehrere Tage und sah sich zufrieden alles an. Fernsehen, Radio und Zeitungen bestürmten den seltenen Gast, um ein paar Worte zur Gartenschau zu hören. Leider verstand niemand den Dialekt des Besuchers. Kinder liefen ihm jubelnd hinterher, Mädchen machten begeistert Fotos, ein großer Trubel umbrandete den Ferngereisten. Alle fragten sich, woher er nur von der Gartenschau wusste? Berichteten in so fernen Ländern die Medien von unserer Gartenschau? Konnte wirklich jemand so naturlieb sein und extra soweit fahren? Eines Tages erfolgte die Antwort: Das australische Känguru nahm aus seinem Beutel sämtliche auf Englisch übersetzte Bände der Gartenschau Trilogie, blätterte darin und hoppelte erst zum See und sah die ihn betreffenden Texte durch, eilte danach in großen Sprüngen zur Kunstlichtung und las dort die diesen Ort betreffenden Geschichten. Ludwig Lesi-Les, der dort gerade eine Lesung hatte, wurde per Handschlag vom Känguru begrüßt und um ein Autogramm gebeten. Nach der Lesung hoppelte das Känguru zufrieden weiter. Wenn Sie also eines Tages auf dem Gartenschaugelände ein Känguru sehen, ist es keine Fata Morgana, sondern nur unser australischer Gast.

Carmen Neubohn

Der Gartenschau-Schulausflug

Die Klasse 7d von der Gemeinschaftsschule in Wiesenheim freute sich schon auf den Schulausflug zur Gartenschau in der nächstgrößeren Stadt. Die meisten jedenfalls. Es gibt immer ein paar nörglerische Kinder. Oft sind es jene, die woanders hinwollten und dann an diesem oder jenem scheiterten.

Da die Gartenschau bereits um neun Uhr geöffnet war, fand sich die Klasse schon um acht Uhr auf dem Schulhof ein. Es wurde eine halbe Stunde für die Nachzügler einberechnet. Um acht Uhr dreißig sollte der Bus losfahren. Bis aber alle sich auf ihren Plätzen hingepflanzt hatten, wurde es bereits neun Uhr. Was für ein Getratsche und Geschrei. Der Lehrer bat um Ruhe, fand aber kein Gehör. Er hatte mit sowas gerechnet, bei dreißig Jungen und Mädchen und brachte ein Mikrofon zum Vorschein. In dieses brüllte er: „Ich bitte um Ruhe und Aufmerksamkeit" hinein, so dass alles auf Anhieb verstummte. Alles schaute zu ihm hin. „Wenn wir bei der Gartenschau sind, dann bleibt bitte zusammen. Ich muss schließlich noch die Eintrittskarten kaufen. Wir bleiben dann so lange zusammen, bis ich Euch erlaube, auf eigene Faust loszuziehen. Auf jeden Fall treffen wir uns Punkt fünfzehn Uhr am Ausgang. Wer zu spät kommt, muss zusehen, wie er nach Hause kommt, habt Ihr verstanden?"

„Jaaa," tönte es im Chor zurück.

Mit einiger Zeit Verspätung kamen sie am Gartenschaugelände an. „Übrigens", ließ Lehrer Hempelmann eine Warnung los, „wenn Ihr Euch nicht benehmt, dann dürft Ihr morgen darüber einen Aufsatz schreiben."

„Oh, Gott!" kam es von den Kindern.

Die Klassensprecher Monika und Klaus versuchten die Mitschüler zur Ruhe zu bringen. „Also benehmt Euch, vor allem Ihr drei."

21

Die Drei hießen Heinz, Steffen und Xavier und waren die Unruhe-stifter der Klasse. „Ja, ja, schon gut" brummten sie.

Erwartungsvoll betrachtete die Klasse das Gelände. Jeder hatte einen Prospekt bekommen und eifrig wurde dieser durchgeblättert. „Schau mal es gibt Heil- und Giftpflanzenbeete, verschiedene Blumenrondell, Heckensträucher und sonstige Sträucher und boah, guck mal, einen Urwald mit Kleintieren haben die hier auch. Das muss auf jeden Fall angeschaut werden." Die Klasse zeigte vollauf Begeisterung.

„Also Kinder" sprach Herr Hempelmann, „wir bleiben jetzt zusammen und gehen zuerst zu den Heilpflanzen." Mit forschem Schritt lief der Lehrer voraus, die Klasse zog sich auseinander. Das Dreiergespann schlich besonders langsam hintendrein. Als sie am Ziel ankamen, hatte sich sie restliche Klasse um das Heilpflanzen-beet schon versammelt.

„Nun, was für Heilpflanzen sehen wir hier?" wurden die Kinder gefragt.

Die Zwillinge Monika und Christoph, deren Eltern in der Apotheke arbeiteten, streckten die Hände hoch. „Das da sind Salbei, Fenchel und Baldrian" kam es bestimmt im Duett der Beiden und in einem Atemzug weiter „in der zweiten Reihe sind Arnika, Nieswurz und Schafgarbe." Als sie weiter loslegen wollten, wurden sie von dem Lehrer gestoppt.

„Halt, genug Ihr zwei! Jetzt kommt jemand anderes dran. Habt Ihr gut gemacht" lobte Herr Hempelmann die Zwillinge. Zufrieden und zugleich bekümmert schauten sich die Geschwister an. „Steffen, Du kennst doch sicherlich die hinterste Reihe, oder?" kam es vom Lehrer.

Steffen, der mit seinen Freunden ganz hinten stand, zuckte wie vom Blitz getroffen zusammen. „Sie heißen Angelika, Bettina und äh, öh, Sandra." Ein schallendes Gelächter erscholl.

„Steffen, ich habe Dich gefragt, wie die hinterste Reihe hier bei den Heilpflanzen heißt und nicht Deine Mitschülerinnen, die vor Euch stehen."

„Aber ich seh' ja gar nichts" konterte Steffen. „Ich steh' ganz hinten, wie soll ich sehen, was da vorne ist?"

„Na, dann komm doch nach vorn, dann siehst Du sie" forderte Herr Hempelmann ihn auf.

„Na, wenn das mal gut geht" flüsterte Christoph seiner Schwester zu, „der weiß ja eh nichts."

„Da kannst Du Gift darauf nehmen" erwiderte Monika.

„Wer kann Gift nehmen?" fragte Luise, die neben ihr stand.

„Ach, niemand. Christoph und ich meinen bloß, dass Steffen keine einzige Pflanze kennt. Du kennst doch Steffen." Luise nickte.

Derweil kam Steffen mit hochrotem Gesicht nach vorn und spähte zwischen den Pflanzen hindurch. „Sie heißen Angelika, Beinwurz und Männertreu" antwortete Steffen. Alle blickten erstaunt auf ihn, auch der Lehrer, „Aber wozu die gut sind, das weiß ich nicht" fügte er hinzu.

„Immerhin hast Du sie wenigstens gewusst" lobte Herr Hempelmann. „Woher eigentlich?"

Lachend zeigte Steffen auf die Schildchen, die vor den Pflanzen in der Erde gesteckt waren. „Daher."

„Aha" Herr Hempelmann schaute auf die Zwillinge. „Dann habt Ihr wohl auch gespickelt, oder?"

„Nein, das haben wir nicht" empörten sich Monika und Christoph. „Unsere Eltern sind Pharmazeuten" konterten sie.

„Ah, das stimmt ja" gab Herr Hempelmann zu. „Jetzt auf zum zweiten Heilpflanzenbeet."

Die Mädchen Angelika, Bettina und Sandra aber, die den Scherz von Steffen übelnahmen, überlegten sich, wie sie es ihm zurückzahlen konnten.

Am Beet angekommen und aufgereiht, kam die gewitzte Frage: „Gibt es einen Unterschied zwischen Heilkräutern und Heilpflanzen?"

„Also, ich kenne keinen, hab noch nie solches Heilzeugs gegessen" antwortete Xavier. Wieder erscholl Gelächter.

„Xavier, Xavier" kam es von Klaus. „Hast Du eigentlich vergessen, was wir im Biologieunterricht gelernt haben? Heilkräuter sind auch Pflanzen und stell Dir vor, man kann sie sogar essen. Zum Beispiel Rosmarin, Petersilie, Basilikum und so weiter."

Xavier gab zurück: „Das ist alles Grünzeug, das mag ich nicht."

„Du meinst, alles was gesund ist, magst Du nicht und das sieht man Dir auch an." Diese Feststellung machte sein Freund Heinz mit einem Blick auf Xaviers rundlichen Körper.

„Es gibt auch Heilpflanzen, die nur zum Teil einem guttun. Sie müssen dosiert werden, nimmt man von solchen zuviel, dann können sie giftig sein" gab Christoph zum Besten.

„Prima Christoph" lobte der Lehrer.

„Giftig können zum Beispiel Arnika, Heidelbeere oder auch die Mispel sein. Man muss sie vorsichtig dosieren. Nicht giftig sind Bärlauch, Himbeere. Bei der Himbeere kann man nicht nur die Frucht futtern, sondern man kann aus den Blättern auch Tee machen." Monika stand Christoph in nichts nach.

„Mensch Monika, Christoph, Ihr braucht gar nicht so angeben mit Eurem Wissen. Es hat ja nicht jeder von uns Apotheker-Eltern" murrte Angelika.

„Hey, Angelika, Du bist doch eine Heilpflanze, wozu bist Du denn gut?" piesackte Steffen sie.

„Angelika eine Heilpflanze? Bist Du noch zu retten?", stieß Xavier Steffen an.

„Für mich ist sie eine Giftpflanze, so giftig, wie sie ist."

„Ihr seid doch echt doof" fauchte Angelika die beiden an.

Jetzt mischte sich Veronika ein. „Jetzt seid mal still, denkt daran, was Herr Hempelmann angedroht hat" herrschte sie die vier an.

„Glaubst Du ihm etwa? Er hat bestimmt nur Spaß gemacht," erwiderte Angelika leise.

„Ich an Deiner Stelle würde es nicht ausprobieren." Dem Klassen-sprecher Klaus entging nicht dieses Geplänkel und stieß auf sie

24

zu. „Mensch, könnt Ihr nicht mal mit Eurem Gemaule aufhören?", ermahnte er sie.

„Das habe ich auch zu Ihnen gesagt, Klaus, aber so wie es aussieht, ist das denen völlig wurscht" gab Veronika zu Antwort.

„Die wollen den Aufsatz herausfordern. Wenn Ihr so weitermacht, melde ich es Herrn Hempelmann" drohte Klaus den Vieren.

„Petz doch" erboste sich Angelika, „nur weil sich Heinz und Xavier über mich lustig machen."

„Verstehst Du keinen Spaß?" fragte Xavier Angelika.

„Das ist für mich kein Spaß, oder würdest Du gern nach einer Giftpflanze benannt werden?"

„Schluss jetzt, hört auf zu streiten" Klaus wurde laut, „seid leise" fügte er hinzu.

„Wir gehen weiter" rief der Lehrer. Er hatte zum Glück für die Streitenden nichts von dem Gezanke mitbekommen.

Das nächste Beet, war mit Giftpflanzen bestückt worden. „Hach, da ist ein Kraut das heißt Männertreu. Guter Name, was?" fing Angelika zu sticheln an. „Das wäre doch für Männer was, die Ihre Frauen erledigen möchten. Steffen, Heinz, Xavier, wisst Ihr, was Ihr seid, Männertreu" rief sie ihnen zu.

„Ha, ha, ha" erwiderten sie höhnisch, als sie wie sonst zum Schluss an das Beet kamen.

„Aber hier steht wirklich Männertreu. Eine Giftpflanze, igitt. Ich möchte nicht mit Jungs und später mit Männern zu tun haben. Wenn es so ein Kraut gibt, dann wissen wir ja, wie die Männer ticken," spottete Angelika. Sandra und Bettina stimmten lachend mit ein.

„Ähm, ich muss doch sehr bitten, ich bin auch ein Mann" schaltete sich Herr Hempelmann ein. „Wenn ein Kraut so heißt, dann heißt es noch lange nicht, dass Männer auch giftig sind" schloss er.

Die Mädchen schauten ihn betroffen an. „Entschuldigung Herr Hempelmannn, aber wir haben doch eher an Heinz, Steffen und Xavier gedacht." Dies kam von Sandra.

„Entschuldigung angenommen. Jetzt seid mal ruhig" sprach der Lehrer. „Und sagt mir lieber, was hier noch sonst für Giftpflanzen sind. Jetzt soll aber mal jemand anderes drankommen. Du zum Beispiel Roland."

Auf die Erde vor sich blickend zählte Roland die Namen auf: „Roter Fingerhut, Stechapfel, Wolfsmilch und Bilsenkraut."

„Und daneben noch Goldregen, gefleckter Schierling und Tollkirsche" wisperte Katrin.

Während es in den vorderen Reihen ruhig blieb, gab es in den hinteren Reihen wieder mal Unruhe. „Xavier, wiederhole bitte, was Roland und Katrin aufgezählt haben" donnerte der Lehrer.

„Hab' nicht zugehört," kam es kleinlaut von Xavier.

„Ach, nicht zugehört?" wetterte Herr Hempelmann. „Gut, ich nehme das zu Kenntnis. Ihr sollte die Folgen noch zu spüren bekommen." Die ganze Klasse schaute sich zu den Dreien um. Es wurde still.

„Mensch, könnt Ihr denn nicht mal still sein und zuhören?" zischte Klaus sie an.

„Lass uns in Ruhe, Du Klugscheißer" kam es patzig zurück.

„Steffen, sei Du ruhig, das habe ich gehört" ermahnte ihn der Lehrer. „So, jetzt weiter und bitte mehr Aufmerksamkeit. Wir sind schließlich hier, um auch etwas zu lernen und nicht um Euch blödeln zu hören."

Die Klasse schob sich von einem Beet zum Nächsten und so verging die Zeit rasend schnell. Zwischendurch bekamen sie Informationen zu hören. Fieserweise mussten sie auch Fragen dazu beantworten. Mit der Zeit ließ die Aufmerksamkeit nach, da es so langsam richtig heiß wurde.

Herr Hempelmann bemerkte die nachlassende Aufmerksamkeit seiner Schüler und sammelte sie um sich. „Ruhe, Kinder, Ruhe!", rief er. „Nachdem wir uns nun die wichtigsten Sachen angeschaut und durchgenommen haben, dürft Ihr nun die restlichen eineinhalb Stunden alleine die Anlage voll anschauen. Diejenigen aber, die vorher am wenigsten mitgemacht haben, die bleiben bei mir." Wen er wohl da gemeint hat? Er rief das Störertrio zu sich, während die restliche Klasse aufatmend sich ihres Weges trollte.

„Ihr wisst wohl, warum Ihr bei mir bleiben müsst. Es wird Zeit, dass Ihr wenigstens etwas lernt" meinte Herr Hempelmann. „Los jetzt." Mit enttäuschten Gesichtern trotteten die drei ihrem Lehrer hintendrein, bis sie an ein Frühlingsbeet zu halten kamen. Der Lehrer erklärte: „Dies sind Blumen, die eigentlich im Frühling zu sehen sind und deshalb nennt man sie? Heinz beantwortete die Frage!"

Mit einem Grinsen wurde erwidert: „Das sind Frühlingsblüher. Das weiß ich, weil meine Mutter die so mag" kam es nach.

„Besonders die, die Hyazinthe heißt." Und leise: „So heißt meine Tante."

„Ts, Ts" meinte Herr Hempelmann daraufhin. „Das ist doch kein Frauenname. Wie ist sie zu dem Namen gekommen?" wollte der Lehrer wissen.

„Meine Oma hieß Rose und sie hat vielleicht gemeint, meine Mutter und meine Tante müssten auch Blumennamen haben. Es wäre doch schön. Es gibt vielen Blumen, die als Frauennamen bekannte sind" erklärte Heinz. Und als Heinz daraufhin gefragt wurde, antwortete er mit Stolz: „Sie heißt Magerita, schöner Name nicht? Gefällt mir."

„Heinz, wenn Dir die Namen gefallen, wie ist es möglich Blumen nicht zu mögen!" rief Herr Hempelmann. Ein Schulterzucken war die Antwort. Währenddessen machten sich Steffen und Xavier einen Spaß daraus Heinz Mutter und Tante wegen ihren Namen zu verspotten. „Ihr zwei seid mal ganz ruhig" erhob sich des Erziehers Stimme. „Es würde mich nicht wundern, wenn bei Euch beiden in der Familie auch merkwürdige Namen vorkämen."

Heinz frotzelte: „Ha, Xaviers Mutter heißt Alfonzina und Steffens Ottoline."

„Das war gemein von Dir das zu verraten" schimpften die zwei, „das gibt Rache!"

„Hier gibt es keine Rache" fuhr Herr Hempelmann dazwischen. „Ihr habt angefangen."

„Sie haben sich über die Namen meiner Mutter und Tante auch lustig gemacht" beschwerte sich Heinz.

„Tut mir leid, Heinz. Aber es sind doch komische Namen. Ich habe kaum je selber solche gehört" entschuldigte sich der Lehrer. „Jetzt wieder zurück zu diesen Blumen."

Steffen fuhr dazwischen: „Was gibt es hier und jetzt solche Frühlingsblüher? Ich dachte, wir hätten bereits Sommer."

„Steffen", ermahnte ihn der Lehrer, „wie Du bestimmt mitbekommen hast, sind wir hier auf einer Gartenschau. Da sollen nicht nur Blumen und Pflanzen gezeigt werden, die nur im Sommer blühen, sondern auch solche, die auch im Frühling und im Herbst zu sehen sind."

„Und warum nicht die, die im Winter blühen?" fragte Xavier.

„Mensch, bist Du blöd" feixte Heinz. „Überlege mal, wie lange dauert die Gartenschau?"

„Öhm, von neun Uhr morgens bis einundzwanzig Uhr abends?" spaßte Xavier.

„Aber Xavier, Heinz meint doch nicht die Tagesöffnungszeiten, sondern die Jahresöffnungszeiten" sagte lachend Herr Hempelmann.

„Ach, das. Hm, ich glaube April bis Oktober?" Auf Xaviers Gesicht strahlte die Erleuchtung.

„Richtig, also da im Winter die Gartenschau längst beendet ist, gibt es keine Winterpflanzen zu sehen," belehrte Steffen.

„Könnt Ihr mir auch Herbstblumen nennen?", fragte der Lehrer.

Mutig wagte sich Xavier vor „Ich glaube, das Heidekraut und die Erika. Bin aber nicht sicher. Ich war mit meinen Eltern mal in der Lüneburger Heide. Dort sind wir oft laufen gegangen. Und man hat uns sogar die Pflanzenwelt gezeigt. Aber mit den Namen bin ich mir nicht sicher."

„Gut, Xavier" lobte Herr Hempelmann, „es ist Dir also etwas davon im Gedächtnis geblieben. Jetzt Du Steffen. Du kennst doch bestimmt wenigstens eine Pflanze." Herr Hempelmann hatte nun Steffen im Visier.

„Nö, kenne keine und es interessiert mich auch nicht" gab Steffen patzig zur Antwort.

„Ach, aber die Jahresöffnungszeiten kennst Du" stellte Herr Hempelmann fest. „Und wenn sich Xavier und Heinz sich zusammennehmen, dann kann ich das auch von Dir fordern."

„Die weiß ich nur, weil ich schon mal hier war. Das einzige was ich toll finde, ist das Urwaldparadies" kam es zurück. „Und außerdem kann ich lesen."

„Ach, Du möchtest gerne in das Urwaldparadies, Steffen" stichelte Herr Hempelmann. „Tja, dafür ist es jetzt schon zu spät. Es ist jetzt vierzehn Uhr fünfundvierzig und um fünfzehn Uhr geht es wieder zurück. Wenn Ihr mehr mitgemacht und aufmerksamer gewesen wärt, dann hättet Ihr, wie die anderen, alleine streunen können. Nun hattet Ihr eben Pech. Ich hoffe, dass der Ausflug Euch gelehrt hat, mehr aufzupassen."

Schweigsam gingen sie zurück zum Ausgang, wo schon ein Teil der Klasse wartete. So nach und nach wurde die Klasse vollzähliger. Alle sahen fröhlich aus, nur die gewissen Drei nicht. Erlebnisse wurden ausgetauscht, die sich allerdings ähnelten. Offenbar hatte der Rest der Klasse schnellstmöglich die Anlage durchlaufen, um sich wiederum eiligst im Urwaldparadies einzufinden.

Nur Heinz, Steffen und Xavier, die schauten Ihre Klassenkameraden neidisch an. Aber als sie gefragt wurden, da schwärmten sie von der Anlage. Schließlich musste man sich beim Lehrer einschmeicheln, um ja keinen Aufsatz schreiben zu müssen. Ob Herr Hempelmann das auch so sah?

Irmgard Maier vom Pilgerteam Hohenacker

Remstalgartenschau 2019

Das ganze Remstal pilgernd zu erleben,
das hat es hier noch nie gegeben.
Die Remstalgartenschau soll der Rahmen sein,
Interessierte und Neugierige laden wir herzlich dazu ein.

An 7 Sonntagen und in 7 Etappen
durchs Remstal zu Fuß – auf Schusters Rappen!

Sich auf den Weg machen mit dem Pilgersegen,
staunend unterwegs sein auf unbekannten Wegen.
Sonne, Wind, den eigenen Atem spüren,
wandern durch schöne Landschaften, durch fremde Kirchentüren.

Ein gutes Wort, das uns zum Nachdenken bringt,
ein gemeinsames Pilgerlied, das durch die Auen klingt.
Dabei Gottes Schöpfung mit neuen Augen sehen
und die uns anvertraute Erde besser verstehen.

So wollen wir das Pilgern miteinander erleben -
möge Gott dazu seinen Segen geben.

Armin Bauer

Das Flüsschen „Rems" gibt der Remstal-Gartenschau mehr als nur seinen Namen.

Schon seit 1920 gibt es in Waiblingen einen Ruderklub - an der Rems.

Die Rems, das bescheidene württembergische Flüsschen, ist nur 78,4 Kilometer lang. Auf dieser Strecke überwindet sie einen Höhenunterschied von 348,2 Metern. Das ist für einen Fluss mit dieser Länge schon einmal ganz beachtlich. Die Rems entspringt in einer Höhe von 551,4 m in Essingen im Ostalbkreis. Als Nebenfluss des Neckars endet die Rems in Neckarrems/Remseck im Landkreis Ludwigsburg. Der längste Flussabschnitt liegt dazwischen und im Landkreis Rems-Murr. Ein Fluss, der durch drei Landkreise fließt, aber nur 78 Kilometer lang ist, hat allein schon deshalb ein ganz besonderes Alleinstellungsmerkmal.

Die Rems beginnt ihren Flusslauf am Fuße der Schwäbischen Alb zunächst einige Kilometer in Richtung Norden, dann erst fließt ihr Wasser in Richtung Westen. Bis Schorndorf versteckt sich das Flüsschen Rems meistens in seinem schmalen Flussbett. Erst danach zeigt sich die Rems etwas größer und breiter. Durch die weiten und schön angelegten Weinberge des Remstals verlor die Rems ab Schorndorf in den letzten Jahren leider etwas an Aufmerksamkeit. Allerdings: Gerade auf diesem Streckenabschnitt hat sich entlang der Rems in den letzten Jahren sehr viel positiv verändert. Es entstanden moderne Hochwasser-Rückhaltebecken und dazu weite und schön angelegte Wiesen und Flächen. An vielen Stellen wurde der Fluss in den vergangenen Jahren renaturiert. So entstanden andere

31

Flussverläufe, Kiesbänke, kleine Inseln, Flachwasser und Ruhezonen. Durch diese neu angelegten Landschaften führt auch der Remstal-Radweg.

Remstal-Radtouren und -Wanderungen sind heute wunderschön und sehr interessant. Die Besucher der „Remstal-Gartenschau" werden überrascht sein vom schönen Flüsschen Rems und von den vielfältigen Remstal-Landschaften.

Ein richtiger und respektvoller Fluss wird die Rems allerdings erst auf der Gemarkung Waiblingen. Das war nicht immer so und hat auch nichts mit der Großen Kreisstadt Waiblingen zu tun, sondern mit der sog. Rems-Begradigung in den Jahren 1934-1935.

Die Veränderung des Flusslaufs der Rems in Waiblingen war damals eigentlich ein Projekt für den Hochwasserschutz. Zwischen Endersbach, Beinstein und Waiblingen entstanden so die begehbaren Flussdämme und die weiten Flussauen. Auf der Gemarkung Waiblingen entstand ein gestauter und an einer Stelle (bei der Rundsporthalle) gerader Flussverlauf von etwa 500 Metern. In Waiblingen ist deshalb die Rems „schiffbar, und hier gibt es auch den einzigen aktiven Ruderverein an der Rems. Über den Ruderverein „Ghibellinia Waiblingen 1920 e.V." und sein Ruderrevier wird nachstehend mehr erzählt,

Wenn die Rems die Kernstadt von Waiblingen wieder verlässt, dann hat man den Eindruck, sie will gar nicht mehr bis zum Neckar weiter fließen. Das Flussbett wird wieder schmäler - ganz im Gegensatz zu den meisten Flüssen, die bei ihrer Mündung in der Regel viel breiter sind als zuvor. Nach Waiblingen verschwindet die Rems oft zwischen Wiesen, Weinbergen und auch Wäldchen. Von den Wander- und Radwegen aus muss man das Flussbett der Rems manchmal sogar suchen. Es gibt hier eigentlich keinen geraden Flussverlauf mehr. Die bescheidene Rems verläuft nun oft uneinsehbar hinter Bäumen und Büschen. Vielleicht sind diese letzten Kilometer der Rems die schönsten - auf jeden Fall aber die romantischsten. Man muss diesen wunderbaren Flussabschnitt zwischen Waiblingen/Kernstadt und Neckarrems wirklich gesehen und selbst erlebt haben. Hier verläuft die Rems in einem ganz besonderen Naturschutzgebiet - und das mitten im Großraum Stuttgart. Natürlich sind die gesamten 78 Flusskilometer der Rems überall schön und spannend - eigentlich auch immer wieder anders, und das macht das Remstal so abwechslungsreich und so liebenswert. Die letzten Rems-Kilometer gehören übrigens zum Naturschutzgebiet des Landkreises Ludwigsburg.

Ich bin seit 1954/1955 - also schon seit 65 Jahren - Mitglied und aktiver Ruderer im Waiblinger Ruderverein „Ghibellinia". Dieser Ruderverein an der Rems wurde im Jahre 1920 gegründet. Ein Jahr nach der „Remstal Gartenschau" gibt es die Waiblinger Ruder-gesellschaft also schon seit 100 Jahren. Gerudert wurde auf der Rems in Waiblingen schon vor der Rems-Begradigung, damals aber noch unter sehr erschwerten Bedingungen.

Als heute noch aktiver Ruderer möchte ich den Rems-Abschnitt zwischen Beinstein und der Waiblinger Michaelskirche aus meiner Sicht beschreiben. Dies ist ein Streckenabschnitt von nur zwei Kilometer. Ich bin ihn in den vergangenen 65 Jahren schon tausende Mal auf- und abgerudert. Wir Ruderer sprechen von „einer Runde", wenn wir von unserem Bootshaus aus zunächst bis zum Wehr nach Beinstein rudern, dann in die Stadt bis zum Wehr bei der Michaelskirche und dann wieder, gegen die Strömung, zurück zum Bootshaus. Dies sind dann genau 4 Kilometer. Für uns Ruderer ist das „eine Runde". Diesen Streckenabschnitt der Rems rudern die aktiven Ruderer (Senioren) regelmäßig immer drei Mal - insgesamt also 12 Kilometer bei jeder Trainingsfahrt.

Nun könnte man meinen, dass das Rudern auf diesem kurzen und teilweise auch geraden Streckenabschnitt mit der Zeit langweilig wird. Ich kann aus meiner langen Erfahrung aber sagen, dass es auf unserer Rems immer wieder schön und spannend ist. Im Frühjahr ist es ganz anders schön und interessant als im Herbst - und der Sommer hat andere Reize als der Winter. Mir war es in 65 Ruderjahren noch nie langweilig im Ruderboot und auf der Rems - ganz im Gegenteil.

Auf dem einzigen geraden Flussverlauf der Rems (500 m) bei der Waiblinger Rundsporthalle - und beim gegenüber liegenden Bootshaus der RGGW - fand viele Jahre die „Waiblinger Ruder-Regatta" statt - eine sogenannte Kurzstrecken-Regatta. Man nannte diese Veranstaltung auch die „Schwäbische Henley-Regatta". In England gibt es auf der Themse schon seit 1839 die „Henley Royal Regatta". Was Wimbledon für die Tennisspieler, Ascot für die Reiter... das ist die Henley-Regatta für die Ruderer. Die Teilnehmer dieser Regatta kommen aus der ganzen Welt, und sie gehören als Weltmeister und Olympiasieger immer zu den besten Ruderern überhaupt.

Der Fluss Themse/Thames ist in Henley nicht viel breiter als unsere Rems in Waiblingen. Deshalb ist auf dieser „königlichen Regatta" nur ein zwei Boote-Start möglich - genauso wie auf der Rems in Waiblingen. Trotzdem: Während den Olympischen Sommerspielen 1908 und 1948 - als London der Gastgeber war - wurden die olympischen Ruderrennen auf der Regattastrecke von Henley ausgetragen - auf nur zwei Bahnen. Das ist heute eigentlich gar nicht mehr vorstellbar.

Auch auf der „Schwäbischen Henley-Regatta" in Waiblingen starteten schon Olympiasieger und Ruder-Weltmeister. Für die kleine Rems und den Waiblinger Ruderklub war dies immer eine besondere Ehre.

Eigentlich rudert man in Waiblingen mitten in einem Naturschutzgebiet. Auf der Fahrt von Beinstein nach Waiblingen (Kernstadt) liegt auf der Steuerbordseite (rechts) die sogenannte „Waiblinger Talaue". Nicht viele Städte haben sich ein Naturschutzgebiet von dieser Größe und Schönheit - und direkt vor der „Haustür" - erhalten können. Das Waiblinger Ruderrevier verläuft in voller Länge durch diesen Waiblinger Stadtpark. Gerade deswegen ist das Rudern auf der Rems so schön - und das zu jeder Jahreszeit.

Im Frühjahr ist für die Ruderer die Zeit „der kahlen Äste" vorbei. Die vielen Bäume entlang der Rems bekommen nun wieder ihre grünen Blätter. Die ersten „Vogelsänger" sind dann auch wieder an der Rems. Sehr viele Vogelstimmen können die Ruderer jetzt vom Wasser aus mithören. Was für ein Luxus: ein Vogelstimmen-Konzert mitten auf der Rems. Da macht das anstrengende Rudern besonderen Spaß. Die Steuerleute können sich nun ihr Kommando „Ruhe im Boot" sparen. Auf den der Sonnenseite zugewandten Ufern wächst schon ab März das neue grüne Gras. Im frühen Februar blühen an verschiedenen Stellen auch schon wieder die „Winterlinge", die ersten Frühlingsblumen überhaupt. An der Rems findet man die „Winterlinge" nur an steilen und bepflanzten Ufer-Abschnitten. Ihre kleinen gelben Blüten erinnern immer an den nahen Frühling. Allerdings: Diese liebliche gelbe Blume ist nicht nur schön, sie ist bei Verzehr auch sehr giftig. Aber wer isst schon die Blüten der Winterlinge. Frühling an und auf der Rems ist etwas einmalig Schönes. Im Frühjahr kann man an der Rems und in der Waiblinger Talaue wirklich eine Vielfalt von Pflanzen und Tieren sehen und erleben.

Viel Freude machen im Frühjahr z.B. die vielen Entenvögel, die „Stock-Enten". Die Männchen (Erpel) sind mit ihrem grünen Kopf , dem gelben Schnabel und dem weißen Halsring leicht von den Weibchen zu unterscheiden. Allerdings: Mitten im Sommer trägt das Männchen sein sogenanntes „Schlichtkleid" (die „Mauser"), dann lässt sich das Männchen nur sehr schwer vom Weibchen unterscheiden. In dieser Zeit sind die Erpel für ca. vier Wochen sogar flugunfähig. Ja - so etwas gibt es tatsächlich - und man kann es an der Rems auch beobachten.

Ab März beginnt die Brutzeit der Stock-Enten. Zuvor weichen die Erpel nicht mehr von ihrem Weibchen. Auf der Rems schwimmen und bewegen sie sich nur noch gemeinsam. Wenn die Jungen ihre ersten Schwimmversuche machen, dann ist dies für uns Ruderer vom Wasser aus ein wunderbarer Anblick. Bis zu 10 junge Entchen schwimmen dann gemeinsam mit ihren Eltern auf der Rems. Man könnte meinen, dass die Küken schon schwimmfähig auf die Welt gekommen sind. Wenn eine Entenfamilie unseren Fluss quert, dann geben wir ihr immer gern die Vorfahrt - aus Vorsicht, aber auch weil eine Entenschar so schön anzusehen ist. Leider müssen wir immer häufiger auch mit ansehen, wie so eine Entenfamilie von Tag zu Tag kleiner wird, denn die Entenküken haben viele Feinde - an und auf der Rems.

Seit ca. 10 Jahren kann man an der Rems auch wieder die reizenden kleinen Eisvögel sehen, denn sie bevorzugen langsam fließende oder stehende und klare Gewässer. Die Eisvögel graben ihre Nester in Höhlen an den Steilufern (Bruthöhlen). Als Ruderer begegnen wir auf der Rems immer wieder diesen kleinen bunten Vögeln - allerdings nur für einen kurzen Moment, denn die Eisvögel sind flink und scheu. Wenn die Eisvögel eine mögliche Beute (kleine Fische) im Wasser entdecken, dann stürzen sie sich kopfüber ins Wasser. Das kann manchmal sogar direkt vor oder hinter unserem Boot sein. Die kleinen Eisvögel sind inzwischen schon überall an der Rems zu sehen. Weil sie sich immer nur direkt am Wasser aufhalten und meistens nur kurz über die Wasserfläche fliegen, sind sie für uns Ruderer leichter zu entdeckten, als für die Wanderer auf dem Remsdamm. Eine Ausschau nach dem schönen Eisvogel lohnt sich aber auch vom Ufer aus - und sie ist nicht unbedingt erfolglos, denn in den letzten Jahren sind die Eisvögel an der Rems nicht weniger sondern eher mehr geworden.

Kormorane und Graureiher sind die größten Vögel an der Rems. In den letzten Jahren konnten wir feststellen, dass die Reiher ihre Scheu vor den Menschen fast verloren haben. Auch dann, wenn wir dicht an ihnen vorbei rudern, lassen sie sich nicht aus der Ruhe bringen. Oftmals fliegen sie mit langsamen Flügelschlägen direkt über unsere Boote und über unsere Köpfe hinweg. Mit ihrer Spannweite von fast zwei Metern ist dies immer ein beeindruckender Anblick. Durch den Fischmangel in der Rems frisst der Graureiher inzwischen auch Feldmäuse - deshalb ist er jetzt oft auf den Wiesen der Talaue zu entdecken.

Auch Kormorane haben sich an der Rems sesshaft gemacht. Oftmals zählen wir bis zu sechs Vögel, die auf einem ufernahen Baum sitzen. Die Jagd der Kormorane auf Fische erfolgt tauchend in Tiefen von 1 bis 3 Meter. Nach ihrem Tauchgang sitzen die Kormorane mit ausgebreiteten Flügeln auf ihren Bäumen und trocknen im Wind ihr nasses Gefieder. Dies ist immer ein schöner Anblick. Die Flügelspannweite dieses unscheinbaren schwarzen Vogels beträgt immerhin 125 - 145 cm. Der Nahrungsbedarf eines Kormorans beträgt pro Tag etwa 500 g Fisch. Oftmals gelingt es den Kormoranen nicht, den Fisch unter Wasser richtig zu greifen. Sie lassen ihn dann verletzt zurück. Wir Ruderer bedauern dann die toten Fische, die uns auf dem Wasser begegnen. Große Schäden durch die Kormorane entstehen durch die Verkotung der Bäume, auf denen sie sich aufhalten. Am Remsufer kann man heute schon viele Bäume entdecken, die durch den vielen Kot der Kormorane abgestorben sind. Das sind dann ganz kahle Bäume - eigentlich kaputte Bäume.

Den Fußgängern an der Rems sei empfohlen, Bäume, auf denen Kormorane sitzen, weitläufig zu umgehen. Der Grund: Man kann von oben leicht etwas abkriegen, und das riecht dann meistens nicht gerade angenehm.

Die Vogelkundler (Ornithologen) haben festgestellt, dass sich entlang der Rems heute bis zu 40 verschiedene Vogelarten aufhalten. Bei einem Spaziergang an der Rems lohnt es sich, nach ihnen Ausschau zu halten.

Die sommergrünen Pappeln entlang der Waiblinger Rems sind in der heißen Jahreszeit die Schattenspender für uns Ruderer - aber auch für die vielen Wanderer und Radfahrer auf dem Remsdamm. Diese heute stattlichen Bäume wurden erst ab den Jahren 1950 gepflanzt. In meinen Kinder- und Jugendjahren gab es diese Pappeln an der Rems noch nicht. Ich durfte also das ganze Wachstum dieser Bäume miterleben. Dies war ein einmaliges und spannendes Erlebnis. In den Jahren 1954/1955 waren die Pappeln entlang unserer Ruderstrecke noch kleine Bäumchen. Noch viele Jahre mussten sie an ihren Stämmen geschützt und gestützt werden. Heute sind diese mächtigen, schönen Bäume also höchstens 70 Jahre alt. In den letzten Jahren wurden sie immer wieder aufwendig „ausgeputzt". Manche Pappeln mussten aber auch gefällt werden, weil sie mit ihren alten Wurzeln am Ufer keinen sicheren Stand mehr hatten. Nach windigen Tagen kommt es nicht selten vor, dass abgebrochene Äste uns Ruderern das Fahrwasser blockieren. Auch auf den ufernahen Radwegen kann es deshalb bei Starkwinden sehr gefährlich werden.

Seit ca. 20 Jahren gibt es am Remsufer - wie an den meisten Flüssen in unserem Land auch - eine ganz besondere Pflanze: das „Drüsige Springkraut", oder auch „Indisches Springkraut" genannt. Das „Springkraut" ist eine aus Kaschmir und dem Himalaya gezielt eingeführte Pflanze, die sich ganz schnell und eigentlich auch von selbst verbreitet hat. Durch einen eigenen Schleuder- Mechanismus schleudern die Pflanzen ihre Samen bis zu sieben Meter weit weg. Von daher kommt auch der Gattungsname. Das „Springkraut" wird über zwei Meter hoch und verdeckt so - und durch sein schnelles Wachstum - viele andere einheimische Pflanzen. Die Blütezeit vom „Springkraut" ist von Juni bis Oktober. Nach der ersten Frostnacht stirbt das „Springkraut" ab. Die Blätter verrotten dann sehr schnell - ihre hohen und kräftigen Stängel aber kaum.

In Europa wird das „Springkraut" inzwischen sogar bekämpft, weil es durch sein schnelles Wachstum und die Verbreitung zu einer Bedrohung für die weitere Pflanzenwelt geworden ist. Allerdings: das „Springkraut" bzw. seine schönen rötlichen Blüten sind heute auch eine wichtige „Bienenweide". Wie dem auch sei: Das blühende „Springkraut" ist besonders vom Wasser aus, aber auch vom Ufer aus, in der Blütezeit immer wieder schön anzusehen.

Eine besonders schöne Jahreszeit an und auf der Rems ist der Herbst, wenn sich die vielen Laubbäume verfärben - die einen früher, die anderen später. Viele Bäume sind dann nicht mehr grün sondern gelb und golden. Auf dem Remswasser schwimmt schon ab Ende September das erste Laub. Im Oktober und nach starken Winden kommt es oft vor, dass die ganze Wasserfläche mit herbstlichem Laub bedeckt ist. Wenn wir mit unseren Ruderbooten durch dieses viele Laub rudern, lässt es sich nicht vermeiden, dass sich am Bug des Bootes viel Laub ansammelt - also hängen bleibt. Wir Ruderer hören dann immer ein ganz besonderes Wasser-Geräusch, das uns sagt: der Winter ist nicht mehr fern.

Wer vier Jahreszeiten so verschieden und intensiv auf dem lieblichen Heimat-Flüsschen Rems erleben darf wie wir Ruderer, der hat allen Grund zur Zufriedenheit und Dankbarkeit. Ich bin sicher, dass durch die „Remstal-Gartenschau" viele Menschen - jung und alt - unser Remstal und unsere Rems neu entdecken und lieb gewinnen werden.

Ach so: Die Rems hat es nicht verdient, dass sie heute sehr oft auch als „Mülleimer" benutzt wird. Wir Ruderer sehen - besonders nach Hochwasser - was alles in die Rems geworfen wird und auf dem Wasser schwimmt. Auch die Ufer sind dann leider immer vermüllt. Das ist ärgerlich und nicht schön anzusehen. Das Wasser der Rems wurde in den letzten Jahren immer besser/klarer. Es wäre prima, wenn man dies in Zukunft auch vom Remsufer sagen könnte.

Danke - jung und alt - für das Verständnis.

Michael Kerawalla

Die Kinder von Savagor

Sandra war auf dem Weg zur Kunstlichtung auf dem Waiblinger Gartenschaugelände. Dort war sie mit Ralf verabredet, einem Freund, den sie schon seit frühester Kindheit kannte. Sie waren zusammen in den Kindergarten und die Schule gegangen und hatten vor Kurzem ihren Abschluss gemacht. Sandra war verwundert, dass Ralf sie ausgerechnet bei der Kunstlichtung treffen wollte, denn er machte sich normalerweise nicht viel aus Gärten oder bepflanzten Anlagen, sondern interessierte sich vielmehr für Technik und Computer. Da sie noch etwas Zeit hatte, blieb sie wieder einmal beim Skater-Park stehen und sah den Jugendlichen bei ihren rasanten Kunststücken auf ihren Skateboards zu. Die junge Frau war immer wieder fasziniert von den Tricks und Sprüngen der jungen Artisten. Doch schließlich wurde es Zeit zu gehen. So riss sie sich von dem Anblick los und machte sich wieder auf den Weg zu ihrem Treffen. Kurze Zeit später erreichte sie die Kunstlichtung, wo Ralf schon auf sie wartete. Sie begrüßten sich mit einer kurzen Umarmung.

»Danke, dass du Zeit für mich hattest«, sagte Ralf.

»Nachdem du heute Morgen so geheimnisvoll getan hast, musste ich doch wissen, was du Seltsames mit mir vorhast«, antwortete Sandra halbernst. »Also, was willst du mir Phantastisches zeigen?«

»Wart's ab!«, meinte Ralf schmunzelnd und sah sich um. Wie üblich war um diese Zeit, kurz vor Sonnenuntergang, niemand mehr auf dem weitläufigen Gelände unterwegs, was ihm nur recht war. Er schloss kurz die Augen und schien sich zu konzentrieren.

Sandra beobachtete ihn erstaunt und wippte erwartungsvoll mit einem Fuß. Auf einmal schienen innerhalb des umrahmten Areals der Kunstlichtung die Farben zu verblassen und eine wabernde Struktur legte sich über die Vertiefung. Sandra stand auf dem erhöhten Rand und bekam große Augen, als die seltsame Masse höher stieg. Instinktiv wich sie einen Schritt zurück. »Was ist das?«, fragte sie erschrocken.

»Das ist pure Magie! Keine Sorge, dir kann nichts geschehen, solange du bei mir bist«, sagte Ralf beruhigend und gleichzeitig geheimnisvoll.

»Pure Magie! Willst du mich verarschen? Ich glaube, du hast zu viele Fantasy-Romane gelesen!«, konterte Sandra ein wenig verärgert.

»Hab' Ich dich jemals belogen?«, fragte Ralf ein wenig eingeschnappt.

»Nein, hast du nicht«, gab Sandra nach kurzem Zögern zu.

Inzwischen hatte die wabernde Masse die Oberkante der Umrandung erreicht und stieg nicht weiter an. Der ganze Vorgang war vollkommen geräuschlos vor sich gegangen.

»Dann vertrau mir doch auch diesmal«, bat er freundlich, ging in die Hocke und tauchte eine Hand in die Masse, zog sie wenig später wieder heraus und hob sie in die Höhe. »Siehst du, ist nichts passiert!«

Sandra besah sich skeptisch seine Hand, doch sie schien unverletzt zu sein. Schließlich tauchte auch sie vorsichtig eine Hand in die Masse. Sie war zu fest für Dampf, zu weich für eine Flüssigkeit und fühlte sich angenehm kühl an. Auch ihre Hand blieb dabei unverletzt. »Das fühlt sich zwar seltsam, aber durchaus angenehm an«, gab sie schließlich zu.

»Komm mal mit«, bat Ralf, erhob sich und machte einen Schritt in die Masse hinein.

»Ich soll da rein gehen?«, fragte Sandra verdattert.

»Hmmm«, summte Ralf beruhigend. »Komm, gib mir bitte deine Hand«, sagte er und streckte einen Arm in ihre Richtung.

»Na gut«, meinte die junge Frau, ergriff zögernd seine Hand und machte ebenfalls einen vorsichtigen Schritt hinein in die Masse. Wieder fühlte diese sich angenehm kühl an.

Ralf machte einige weitere Schritte und zog Sandra dabei behutsam hinter sich her. Seltsamerweise war der Boden abschüssig, so dass sie immer tiefer in die Masse einsanken, obwohl der Boden an dieser Stelle normalerweise absolut eben war!

»Wie ist das möglich?«, fragte Sandra verwirrt.

»Ich sagte doch, es ist reine Magie!«, antwortete Ralf zwinkernd.

Als beide schon bis zum Hals in der Masse standen, blieb Sandra plötzlich ruckartig stehen. Warte mal, das kann doch gar nicht sein! Was passiert hier eigentlich?«

»Bitte hab keine Angst, dir kann nichts passieren!«, versicherte Ralf so ruhig wie möglich.

»Aber, aber ...«, weiter kam Sandra nicht, weil Ralf ihr einen Finger über die Lippen legte.

»Was ist los, vertraust du mir denn nicht?«, fragte der junge Mann ein wenig enttäuscht.

»Doch, schon ...«, antwortete Sandra unsicher und verlegen.

»Dann lass dich doch bitte einfach von mir führen. Ich will dir bestimmt nicht schaden. Sei versichert, du wirst begeistert sein, was du nachher zu sehen bekommst!«, ereiferte sich Ralf und strahlte übers ganze Gesicht.

»Also gut«, meinte Sandra ein wenig verschämt. »Wenn ich jetzt aber weiter gehe, ertrinke ich in der Masse.«

»Keine Sorge, du kannst darin ganz normal atmen«, beruhigte sie der junge Mann und schenkte ihr ein aufmunterndes Lächeln.

»Wenn du das sagst ...«, gab Sandra skeptisch zurück, ließ sich aber weiter führen. Tatsächlich bereitete ihr das Atmen in der Masse keinerlei Probleme. Doch allmählich wurde ihr schwindlig. Jeder folgende Schritt wurde immer schwerer und sie schien mehrere Zentner zu wiegen. Die Sicht verschwamm ihr vor den Augen und alles begann sich um sie zu drehen. Sie wollte noch etwas sagen, doch ihre Stimme versagte den Dienst, als sie schließlich von einer bleiernen Müdigkeit erfasst wurde. Ihre Beine konnten sie nicht mehr tragen, doch bevor sie zu Boden ging, nahm sie bereits nichts mehr war, außer einer tiefen Schwärze, die sie sanft umfing.

Als Sandra erwachte, nahm sie ihre Umgebung zunächst nur verschwommen wahr, doch ihr Blick klärte sich rasch und sie sah alles wieder scharf. Sie saß auf dem Boden an einen Baum gelehnt, umgeben von einer bunten Wiese mit einigen größeren Sträuchern. Der süßliche Blütenduft war fremdartig, aber angenehm.

»Ah, du bist endlich aufgewacht«, hörte sie Ralf sagen, als er vor sie trat und in die Hocke ging.

»Was ist passiert? Wo bin ich?«, fragte Sandra verwirrt.

»Als wir die magische Masse durchquerten, bist du auf einmal ohnmächtig geworden. Kein Grund zur Sorge, das passiert den meisten Menschen beim ersten Übergang«, erklärte Ralf freundlich.

»Was für ein Übergang?«, fragte Sandra immer noch verwundert.

»Diese magische Masse ist Teil eines Portals zwischen den Welten. Du befindest dich nun auf Savagor«, antwortete Ralf.

Die junge Frau sah ihn zuerst verdattert, dann ungläubig an.

»Das soll ja wohl ein Scherz sein! Ich glaube, du hast wirklich zu viele Fantasy-Romane gelesen.«

»Dann schau dir doch einmal den Baum genauer an, unter dem du sitzt«, forderte Ralf sie schmunzelnd auf.

Sandra hob den Kopf und staunte nicht schlecht. Der Stamm und die Äste des Baumes schimmerten silbern und die spatenförmigen Blätter trugen an der Spitze einen langen Auswuchs. Die junge Frau strich mit der Hand über die glitzernde Rinde, die sich sehr glatt und warm anfühlte. Dann fiel ihr auf, dass auch die Sträucher in der Umgebung diese silberne Rinde trugen. Selbst die Blumen auf der Wiese trugen Blüten, die sie noch nie gesehen hatte.

»Ich sehe, du bist beeindruckt«, sagte Ralf mit süffisantem Lächeln. »Na, habe ich dir zu viel versprochen?«

»Wow, das ist ja total irre!«, gab Sandra staunend zu. In diesem Moment sah sie aus dem Augenwinkel eine Bewegung und hörte das Gras rascheln. Sie fuhr herum und sah ein Tier von der Größe eines Geparden langsam auf sich zulaufen. Der Kopf war schmal und trug eine kurze Schnauze. Der Körper war schlank und grazil. Das Tier bewegte sich nahezu lautlos mit beeindruckender Eleganz. Das kurze Fell trug eine Art Flammenmuster, so als ob das Tier brennen würde. Die junge Frau erschrak und zog instinktiv die Beine an.

»Keine Angst, sie ist nur neugierig und wird dir nichts tun. Senk einfach den Blick und streck einen Arm aus, damit sie an dir riechen kann, so wie ich«, flüsterte Ralf beruhigend.

Sandra nickte ängstlich und kam seinem Wunsch nach. Tatsächlich blieb das Tier kurz vor ihr stehen, legte den Kopf zur Seite und sah sie verwundert an. Dann streckte es vorsichtig den Kopf nach vorne und berührte mehrfach Sandras Hand mit seiner weichen Schnauze, während es intensiv schnüffelte. Schließlich brummte das Tier zufrieden und rieb seinen Kopf mit entspannter Miene an Sandras Hand. Die junge Frau musste unwillkürlich schmunzeln über die Zutraulichkeit des Tieres. Danach drehte es sich herum, gähnte kurz und entblößte dabei ein beeindruckendes Raubtiergebiss. Anschließend trottete es leichtfüßig davon.

»Was war das denn?«, fragte Sandra überrascht.

»Wegen seines Fells nennen wir es Flammenjäger. Ein flinkes Raubtier«, erklärte Ralf.

»Warum war es so zutraulich, anstatt mich anzugreifen?«, wollte Sandra wissen.

»Das erkläre ich dir später«, meinte der junge Mann, worauf sich ein Grinsen auf sein Gesicht stahl. »Wahrscheinlich schmeckst du ihm nicht.«

»Ha ha, sehr witzig!«, brummte Sandra in gespieltem Ärger. Inzwischen hatte sich Ralf erhoben und half ihr beim Aufstehen.

»Was ist denn das für eine seltsame Kleidung?«, fragte die junge Frau verwundert, als sie Ralf näher betrachtete. Er trug nun nicht mehr Jeans, Pulli und Turnschuhe, sondern eine bunte Tunika und eine knielange Hose. Dazu lief er barfuß.

»Das ist hier die übliche Tracht der Männer. Außerdem ist diese Kleidung praktisch für unsere zukünftige Fortbewegungsmethode.« Er klappte vier libellenartige Flügel von seinem Rücken aus und stellte sie auf, während er triumphierend lächelte. »Wir werden nämlich fliegen!« Sandra starrte ihn verdattert an, rieb sich die Augen und sah noch einmal hin. »Woher hast du denn plötzlich Flügel?«

»Die hatte ich schon immer. Das habe ich aber erst später erfahren, genau so wie auch du heute deine Flügel zum ersten Mal sehen und benutzen wirst«, gab der junge Mann zurück.

»Ich ... äh ... hab aber keine Flügel«, meinte Sandra verwirrt.

»Oh doch, die hast du!«, bestätigte Ralf energisch. »Um sie zu benutzen, musst du dich aber zuerst umziehen.«

»Du meinst, ich soll so herumlaufen wie du?«, fragte Sandra wenig begeistert.

Der junge Mann schüttelte amüsiert den Kopf. »Nein, ihr Mädchen tragt eine andere Kleidung. Dort, hinter dem Busch liegt sie schon bereit für dich.«

Sandra sah ihn zunächst skeptisch an, ging dann aber hinter den gezeigten Busch, wo tatsächlich ein Kleidungsstück auf dem Boden lag. Sie hob es erstaunt auf und hielt es in die Höhe. Es war ein buntes Rockkleid, auf dessen Rücken in Höhe der Schultern ein größeres Stück Stoff fehlte. »Sieht eigentlich ganz hübsch aus, nur der Rock ist etwas kurz«, bemerkte die junge Frau.

»So ist das eben«, sagte Ralf schmunzelnd. »Willst du es gleich einmal anprobieren?«

»Wo soll ich mich denn umziehen?«, fragte die junge Frau verlegen.

»Hinter dem Busch«, war die Antwort ihres Freundes.

»Dann dreh dich aber so lange um«, forderte sie Ralf auf.

Der verdrehte die Augen in komischer Verzweiflung. »Seit wann bist du denn so schüchtern? Außerdem habe ich dich doch schon nackt gesehen.«

»Was! Wann denn?«, rief Sandra überrascht.

»Letztes Jahr waren wir doch gemeinsam in der Sauna, weißt du das nicht mehr?«

»Äh, ach so, ja, stimmt«, antwortete die junge Frau ziemlich verlegen. »Würdest du dich bitte trotzdem umdrehen?«

»Na gut«, antwortete Ralf amüsiert und wandte ihr den Rücken zu.

Sandra zog sich rasch um. »So, bin fertig«, sagte sie wenig später zu Ralf, der sich ihr wieder zuwandte und sie lächelnd musterte, während sie ein wenig verschämt versuchte, den Rock in die Länge zu ziehen, was ihr natürlich nicht gelang. »Was mache ich mit meiner anderen Kleidung?«, wollte sie schließlich wissen.

»Lass sie einfach hinter dem Busch liegen, die stiehlt hier keiner«, versicherte ihr Freund. »Das Kleid steht dir übrigens gut!«, meinte der junge Mann beeindruckt, worauf Sandra sich schüchtern bedankte. Anschließend ging Ralf auf sie zu und bat sie, ihm den Rücken zuzuwenden. Dann legte er seine Hände in die Öffnung auf der Rückseite des Kleides, konzentrierte sich und zog mit jeder Hand ein Paar Flügel aus Sandras Rücken. Die junge Frau erschrak kurz und spürte dann zum ersten Mal ihre Schwingen. »So, das wäre geschafft!«, meinte der junge Mann zufrieden und betrachtete beeindruckt Sandras bunt schillernde Flügel.

Die junge Frau verdrehte den Kopf so weit sie konnte und starrte verdutzt auf ihre Schwingen. »Ich hab‘ ja wirklich Flügel!«, rief sie begeistert.

»Spürst du sie?«, wollte ihr Freund wissen.

»Hmmm«, summte Sandra und nickte begeistert. »Wie kann ich sie denn bewegen?«

Ralf ergriff behutsam die dünnen Schwingen und bewegte sie ein wenig hin und her, damit Sandra ein Gefühl für ihre neuen Körperteile bekam.

»Ah, so geht das!«, sagte die junge Frau. Zuerst zuckten ihre Flügel nur, doch nach kurzer Zeit konnte sie ihre Schwingen bereits koordiniert bewegen.

»Gut gemacht!«, lobte sie Ralf. »Du lernst wirklich schnell!«

»Kann ich damit auch fliegen, oder brauche ich dafür Sternenstaub, oder wie das Zeug heißt?«, fragte Sandra halbernst.

Ralf lachte auf. »Ich glaube, jetzt hast du zu viele Fantasy-Filme gesehen!«

Sandra senkte kurz verlegen den Blick.

»Nein, du brauchst keinen Sternenstaub zum Fliegen!«, versicherte ihr Freund amüsiert. »Mach es mir einfach nach und lass deine Flügel immer schneller schlagen.«

Sandra nickte und beobachtete ihren Freund, dessen Schwingen schon bald ein leises Summen von sich gaben. Nach kurzer Zeit schaffte auch sie es, ihre Flügel genau so schnell zu bewegen, bis sie summten.

»Gut so! Jetzt stell dir einfach vor, ein kleines Stück vom Boden abzuheben«, empfahl ihr Ralf.

Sandra probierte es aus und schoss mit einem erschrockenen Schrei wie ein Pfeil in die Höhe, gefolgt von Ralf, der sie abbremste und ihre Fluglage stabilisierte.

»Ich sagte, du sollst ein kleines Stück vom Boden abheben und nicht gleich bis zum Mond fliegen!«, bemerkte der junge Mann säuerlich.

»Tschuldigung!«, antwortete Sandra. »Aber ich bin einfach so begeistert!«

»Das kann ich ja verstehen, aber wenn du nicht aufpasst, kannst du dich schwer verletzen!«, ermahnte sie der junge Mann eindringlich. »Also tu' bitte, was ich dir sage!«

»In Ordnung«, piepste Sandra kleinlaut und sah ihn entschuldigend an.

Darauf hellten sich Ralfs Gesichtszüge auf und er verstrubbelte ihr lächelnd die Haare. »Kleiner Sturkopf!«, brummte er in gespieltem Ärger, worauf Sandra kurz verlegen den Blick senkte. Tatsächlich befolgte sie danach mehr oder weniger freiwillig seine Angaben und schaffte es schon bald stabil neben ihm her zu fliegen. Diese neue Art der Fortbewegung begeisterte sie immer mehr. So sah sie die Welt erstmals aus einem anderen Blickwinkel, schien irgendwie über den Dingen zu schweben, was ein erhebendes Gefühl war und sie in einen euphorischen Rausch versetzte. Dazu war das Gebiet, welches sie gerade überflogen, von grünen Wiesen, sanften, bewaldeten Hügeln und herrlich bewachsenen, wildromantischen Flusstälern durchzogen.

»Das ist alles so wunderschön«, flüsterte sie beeindruckt und mit verträumtem Blick. »Können wir noch höher steigen?«, fragte sie Ralf begeistert.

»Können wir gerne, aber pass auf, dass du dich nicht überanstrengst«, riet ihr Ralf mahnend. Doch entsprechend Sandras Temperament überhörte sie die Warnung und sauste sie in die Höhe. Ralf hatte zuerst Schwierigkeiten ihr zu folgen, doch als sie schon nach kurzer Zeit langsamer wurde, holte er sie wieder ein. Der rasche Steigflug hatte sie viel Kraft gekostet und erschöpfte sie sehr, so dass sie nun schwer atmend und etwas instabil neben ihrem Freund herflog. »Flieg langsamer und lass dich allmählich absinken, das kostet nicht so viel Kraft«, empfahl er. »Halt noch ein wenig durch, wir sind fast am Ziel.«

Sandra nickte nur und befolgte seinen Rat. Nach kurzer Zeit erreichten sie ein Waldgebiet, das sie knapp über den Wipfeln der Bäume überflogen, bis Ralf langsamer wurde und auf einen bestimmten Baum zusteuerte, wobei er sich weiter absinken ließ.

»Wo willst du denn hin?«, fragte Sandra überrascht.

»Wirst du gleich sehen. Folge mir einfach«, sagte er schmunzelnd. Tatsächlich war am Rande des Baumwipfels eine Art Plattform zu sehen, auf die Ralf zusteuerte. »Dort werden wir landen«, sagte er zu Sandra. »Mach es so, wie ich es dir vorher erklärt habe«, ermahnte er seine Freundin. Sandra nickte etwas unsicher, während er herabglitt und sicher landete. Der jungen Frau fehlte jedoch die

Kraft, ihren Flug rechtzeitig abzubremsen, so ging sie zu Boden, schlug der Länge nach hin und rutschte ein kurzes Stück, weiter, bis sie schließlich stöhnend liegen blieb.

»Aua!«, rief sie verärgert und leicht benommen.

Ralf eilte zu ihr und beugte sich zu ihr herunter. »Hast du dir wehgetan?«, fragte er besorgt.

Sandra setzte sich stöhnend auf. »Nein, ich glaube, es ist noch alles heil.« Dann half ihr der junge Mann beim Aufstehen. Zum Glück hatte sie sich nur einige leichte Prellungen zugezogen. Auch ihre Selbstachtung war ein wenig angeschlagen, denn sie wusste durchaus, dass sie sich beim Fliegen trotz Ralfs Warnung überanstrengt hatte, weshalb sie nun ein wenig verschämt neben ihm stand und ihm einen entschuldigenden Blick zuwarf, den er mit einem strafenden Blick quittierte, jedoch ansonsten schwieg, wofür ihm Sandra dankbar war.

In diesem Moment wurde eine Tür aufgerissen und rasche Schritte eilten auf Ralf und Sandra zu. Die junge Frau fuhr herum und bemerkte erst jetzt, dass die Plattform, auf der sie stand, zu einer Art Baumhaus gehörte, dessen Besitzer nun vor ihnen stand. Er war etwas größer und deutlich älter als Ralf. Auch er trug eine Tunika mit knielanger Hose.

»Was ist passiert? Ich hörte einen heftigen Schlag!«, sagte der Mann erschrocken.

»Ich ... bin bei der Landung hingefallen. Mir ist aber nichts passiert«, antwortete Sandra zögernd und ein wenig verlegen, worauf der Mann erleichtert aufatmete und nickte.

Ralf legte seine rechte Hand auf die Brust und machte eine leichte Verbeugung. »Sei gegrüßt Genjo Semeg. Sie heißt Sandra«, stellte er dann seine Freundin vor.

Der Mann wandte sich Ralf zu und wiederholte die Geste. »Seid gegrüßt, Sandra und Ralf«, worauf sich auch die junge Frau unsicher verbeugte und ihm einen guten Tag wünschte, was Genjo

Semeg lächeln ließ. »Kommt bitte herein, ich habe euch schon erwartet.« Dann machte er eine einladende Geste, worauf ihm Sandra und Ralf in das Baumhaus folgten. Die junge Frau sah Ralf fragend an, der machte jedoch nur eine beruhigende Geste. Das Innere des Baumhauses war überraschend geräumig und machte einen gemütlichen Eindruck. Genjo Semeg bat die beiden Besucher an einem Tisch Platz zu nehmen und servierte ihnen Fruchtsaft in einem hölzernen Becher. Anschließend setzte er sich dazu und wandte sich an Sandra.

»Du hast sicher eine Menge Fragen, die ich dir gerne beantworten will, doch lass mich zuerst von unserer Welt erzählen, dann verstehst du vieles besser. Einst lebte auf unserer Welt ein weiser Schamane unter den Elfen. Doch durch zahlreiche Enttäuschungen und Verluste wurde er immer trauriger und frustrierter. Als dann noch seine über alles geliebte Partnerin schwer erkrankte, war keiner imstande ihr zu helfen, nicht einmal er selbst, mit seinen großen magischen Kräften, war in der Lage sie zu heilen, so dass sie eines Tages in seinen Armen von uns ging. Dieser Verlust brach seinen Lebensmut und verwirrte seinen Geist immer mehr, bis er eines Tages nur noch von Zorn und Hass erfüllt einen Fluch über alle Elfen aussprach. Sie sollten genauso leiden und enden wie seine Partnerin, weshalb er eine schreckliche Seuche aus schwarzer Magie über unser Volk brachte. Keiner von uns war dieser Magie gewachsen und so forderte die Krankheit bald immer mehr Opfer. Hilflos mussten wir zusehen, wie sie dahinsiechten, und einer nach dem anderen der Seuche erlag. Damals standen zahlreiche Menschen mit unserer Welt in Verbindung und boten uns ihre Hilfe an. So kam es, dass viele junge Elfen vor der Krankheit flohen und Asyl bei den Menschen erhielten. Mit Hilfe eines Zaubers verbargen sie ihre Flügel und lebten fortan auf der Erde weiter. Eines Tages wurde ein Elfenmädchen mit großen magischen Kräften geboren, das der Krankheit widerstand und zu einer starken Magierin heranwuchs.

51

Sie stellte sich dem Schamanen entgegen und besiegte ihn nach langem Kampf. Zwar erlag sie selbst dabei ihren Verletzungen, doch konnte sie, bevor sie uns verließ, noch einen Zauber übergeben, mit dessen Hilfe wir die schwarze Seuche bekämpften. Durch eine planetenumspannende Hilfsaktion gelang es uns schließlich, alle Erkrankten zu heilen und die Seuche für immer von unserer Welt zu verbannen, welche so viele Opfer gefordert hatte. Dies war das dunkelste Kapitel in unserer Geschichte.« Sein Gesicht zeigte für kurze Zeit deutlich die Trauer, die er empfand. Dann hellte sich sein Antlitz auf. »Inzwischen ist die Gefahr lange vorüber, weshalb wir nun allen geflohenen Elfen die Chance geben, in ihre alte Heimat zurückzukehren, soweit sie dazu in der Lage sind. Auch deine Eltern, Sandra, gehören zu den Flüchtlingen. Somit bist du kein Mensch, sondern eine Elfe. Auch Ralf gehört unserer Rasse an. Er ist zu unserem Botschafter geworden und hat sich bereit erklärt, dir und weiteren Elfen, die noch auf der Erde leben, den Rückweg nach Savagor zu zeigen.«

Sandra bekam große Augen. »Ich bin eine Elfe?«, fragte sie verblüfft.

Ralf nickte bestätigend. »Deshalb hast du auch Flügel. Ich habe vorher den Zauber aufgehoben, der sie verbarg.«

Der Blick der jungen Frau wanderte verwirrt zwischen Genjo Semeg und Ralf hin und her.

»Ich weiß, es ist schwer zu glauben, doch es ist die Wahrheit. Deine Eltern werden dir das bestätigen«, versicherte der alte Elf.

Sandra stieß geräuschvoll die Luft aus. »Das ist krass!«

Ihre Bemerkung ließ Genjo Semeg lächeln. »Du musst dich nicht sofort entscheiden. In deinem Alter kannst du das Portal noch einige Jahre lang gefahrlos durchqueren. Bedenke jedoch, je älter du bist, umso schwerer wird dir der Übergang fallen. Deine Eltern sind bereits zu alt. Sie würden dabei ihr Leben verlieren.«, sagte der alte Elf warnend.

»Was! Ist das so gefährlich?«, fragte Sandra entsetzt.

»Der Übergang erfolgt über eine sehr große Entfernung, deren Überwindung viel Kraft kostet. Ich nehme an, du warst danach recht erschöpft«, sagte Genjo Semeg.

»Ich bin sogar kurz in Ohnmacht gefallen«, gab die junge Frau zögernd zu.

»Daran erkennst du, wie viel Kraft der Vorgang kostet«, bemerkte Ralf.

Sandra nickte verstehend. »Dann bietet ihr mir also an, zukünftig auf dieser Welt zu leben.«

»So ist es«, bestätige Genjo Semeg. »Um Savagor und unsere Lebensart besser kennenzulernen biete ich dir, als Oberster der Elfen, an, hier eine Weile unter uns zu leben. Komm so oft und so lange du willst zu uns. Wenn du genug Erfahrung gesammelt hast, kannst du entscheiden, ob du bleiben willst, oder nicht. Wir nehmen dich gerne bei uns auf.«

Sandra war gerührt von dem wohlwollenden Angebot des Obersten und warf ihm einen verlegenen Blick zu. »Danke, das ist sehr freundlich von dir.«

»Dann kannst du ja hier ein paarmal Urlaub machen«, meinte Ralf zwinkernd.

»Gar keine so schlechte Idee!«, antwortete Sandra mit amüsiertem Lächeln und wandte sich dann wieder Genjo Semeg zu. »Ich darf wirklich bleiben, wenn es mir hier gut gefällt?«, fragte sie ein wenig unsicher.

»Ja, bestimmt!«, versicherte der Oberste. »Du bist hier jederzeit willkommen!«

Sandra wusste nicht, was sie darauf sagen sollte.

»Ich weiß, das ist alles ein bisschen viel auf einmal, deswegen denkst du am besten erst einmal in Ruhe über alles nach, sprichst mit deinen Eltern und mit Ralf darüber, besuchst uns einige Male und triffst dann deine Entscheidung«, schlug Genjo Semeg freundlich vor.

»Sind schon viele Elfen zurückgekehrt?«, wollte Sandra wissen.

»Oh ja, schon eine ganze Menge! Nur wenige entschieden sich dafür, auf der Erde weiter zu leben«, antwortete der Oberste.

Ralf sah aus dem Fenster. »Es wird schon dunkel. Wir sollten besser zurückkehren, bevor es gänzlich Nacht ist.«

Genjo Semeg nickte zustimmend und wandte sich dann nochmals an Sandra. »Wie gesagt, denk erst einmal in Ruhe über alles nach. Wenn du weitere Fragen hast, dann wende dich an deine Eltern oder an Ralf. Du darfst natürlich auch gerne zu mir kommen, sei jedoch beim Übergang vorsichtig! Geht am besten erst einmal gemeinsam durch das Portal, damit du auch sicher hier ankommst«, riet ihr der Oberste.

»In Ordnung, mache ich«, versprach Sandra und bedankte sich nochmals bei dem alten Elf. Dann erhob sie sich mit Ralf und sie gingen gemeinsam nach draußen, wo sie sich herzlich verabschiedeten und zurückflogen. Während ihrer Rückreise zum Portal war Sandra sehr still und hing ihren Gedanken nach. Ralf flog schweigend neben ihr her, um ihr die nötige Ruhe und Konzentration zu gönnen.

»Würdest du mit mir hier wirklich einmal Urlaub machen?«, brach sie schließlich ihr Schweigen und sah ihren Freund hilfesuchend an.

»Gerne! Jetzt, wo wir unsere Ausbildung beendet haben und nicht mehr zur Schule müssen, können wir hier problemlos einige Zeit verbringen. Ich habe diesen Termin für den Übergang absichtlich so gewählt, da wir uns nun sowieso Gedanken über unsere Zukunft machen müssen. Entweder gehen wir nach Savagor, oder bleiben auf der Erde und sehen uns nach einer Arbeit um.«

»Weißt du also auch noch nicht, was du machen willst?«, fragte Sandra unsicher.

»Nein, nicht so richtig«, gab Ralf zu. »Außerdem wollte ich erst einmal wissen, wofür du dich entscheidest, denn ich möchte dich auf keinen Fall aus den Augen verlieren. Wir kennen uns jetzt schon so lange. Wäre doch schade, wenn wir jetzt voneinander getrennt werden«, sagte der junge Mann ein wenig verlegen.

Sandra sah ihn überrascht an und senkte dann kurz verschämt den Blick. »Das ist lieb von dir, ich möchte dich nämlich auch nicht verlieren«, gestand sie. Darauf begann sie zu schmunzeln. »Obwohl du mich manchmal ärgerst!«

»Beruht auf Gegenseitigkeit!«, konterte Ralf grinsend und kassierte prompt einen strafenden Blick.

Kurze Zeit später landeten sie neben dem Portal, durch das sie zuvor gegangen waren. Ralf verbarg bei Sandra und sich selbst die Flügel, bevor sie ihre irdische Kleidung wieder anlegten.

»Du darfst das Kleid gerne mitnehmen. Es gehört jetzt dir«, sagte Ralf zu Sandra, während er seine Tunika und die Hose in einem mitgebrachten Beutel verstaute. Dann zeigte er seiner Freundin, wie man am Portal prüfte, ob ein gefahrloser Übergang möglich war, ohne von einem Mensch gesehen zu werden. Anschließend führte er sie erneut durch das Portal, bis sie auf dem Gartenschaugelände wieder der Senke entstiegen. Diesmal wurde Sandra nur schwindlig, doch sie fiel nicht in Ohnmacht. Der junge Mann geleitete seine Freundin noch bis zur Haustür, wo sie sich herzlich voneinander verabschiedeten.

Am späten Abend lag Sandra noch nachdenklich auf dem Bett in ihrem Zimmer, als jemand anklopfte. Auf ihre Aufforderung hin betrat ihr Vater das Zimmer und setzte sich neben sie auf das Bett. »Du warst heute den ganzen Abend so ruhig und schienst ein wenig abwesend zu sein. Geht's dir nicht gut?«, fragte er besorgt.

»Alles in Ordnung«, antwortete Sandra gerührt von seiner Sorge. »Ich hatte heute nur ein seltsames Erlebnis mit Ralf zusammen. Manchmal habe ich den Eindruck, ich habe das alles nur geträumt.«

»Dann hat er dich heute nach Savagor geführt?«, fragte ihr Vater.

Sandra fuhr hoch und sah ihn überrascht an. »Du weißt davon?«

»Hmmm«, summte der nickend und lächelte verschmitzt. »Er hat Mama und mich vor einigen Tagen darauf angesprochen, dass es nun an der Zeit wäre, dir die Wahrheit über uns und dich selbst zu zeigen.«

»Dann ... seid ihr ... wirklich Elfen?«, fragte Sandra zögernd.

Statt einer Antwort erhob sich ihr Vater, zog sein Hemd aus und entfaltete seine Flügel. »Ja, das stimmt, wir sind Elfen.«

»Aber ... warum habt ihr mir denn nie etwas davon erzählt?«, fragte Sandra verwirrt.

»Du hättest uns mit Sicherheit nicht geglaubt. Nachdem du jedoch unser Herkunftsland besucht hast, dort mit anderen Elfen in Kontakt kamst und Savagors Geschichte hörtest, fällt es dir sicher leichter, die Wahrheit zu akzeptieren.« Ihr Vater hatte sich inzwischen wieder angekleidet und auf ihr Bett gesetzt. »Tut mir leid, wir wollten dich nicht belügen, aber es erschien uns am besten, wenn du auf diese Art unsere und deine wahre Identität erfährst.« Er warf ihr einen entschuldigenden Blick zu.

Sandra senkte den Blick und kämpfte mit ihren Gefühlen. Sicher hätten ihre Eltern ihr schon lange vorher alles erzählen können, doch wie ihr Vater sagte, hätte sie ihnen tatsächlich nicht geglaubt! Das alles hätte wahrscheinlich eher zu Spannungen und Missverständnissen geführt und damit ihr gutes Verhältnis zueinander gestört. Schließlich schenkte sie ihrem Vater ein verständnisvolles Lächeln und umarmte ihn kurz. »Ist schon in Ordnung, ihr habt es ja nur gut gemeint.«

Ihr Vater sah sie daraufhin dankbar an und streichelte ihr über den Kopf. »Ist wohl alles erst einmal ziemlich verwirrend.«

»Hmmm«, summte Sandra und nickte bestätigend. »Wie ist denn das alles damals passiert und wie seid ihr hierher gekommen?«

So begann ihr Vater von den Ereignissen in seiner Jugend zu berichten, wie er einst als junger Elf von der Seuche erfahren hatte, die sich rasch ausbreitete. Die Angst und die Verzweiflung, die damals unter den Elfen herrschte, ergriff auch ihn und seine damalige Freundin. Als einzige Rettung erschien ihnen damals die

Zuflucht bei den Menschen, doch mussten sie ihre Eltern und Großeltern zurücklassen, da diese bereits zu alt für den Übergang waren, was für alle recht schmerzhaft war. Als die Seuche bereits in der benachbarten Siedlung wütete, blieb ihnen jedoch keine andere Wahl, als zu den Menschen zu fliehen. Zurück blieben die älteren Mitglieder ihrer Familien, die sie nie wieder sahen. Zuerst war für beide das Leben in der neuen Welt recht beschwerlich, denn die Gesellschaft der Menschen war so andersartig und viel komplizierter als die der Elfen. Doch mit der Zeit und nach etlichen Rückschlägen und Schwierigkeiten fanden sie gemeinsam ihren Platz in der neuen Gemeinschaft und bauten sich allmählich eine Existenz auf, wobei sie ständig ihre wahre Herkunft verheimlichen mussten, denn die Menschen hatten die Portale zur Elfenwelt längst zu ihrem eigenen Schutz verriegelt, so dass es Elfen bald nur noch in ihren Büchern und Geschichten gab. Erst nachdem die Seuche beendet war, öffneten einige mutige Elfen die Portale und nahmen vorsichtig Kontakt zu einzelnen Menschen auf, lebten sich bei ihnen ein und begannen als Botschafter die nächste Elfengeneration zurück nach Savagor zu holen. »In diese Zeit bist du nun hinein geboren«, endete ihr Vater seine Erzählung.

Sandra war sichtlich berührt und umarmte ihren Vater nochmals mit Tränen in den Augen. »Oje, was für ein schweres und hartes Leben ihr hattet!«

Er nahm sie in die Arme und streichelte sie sanft. »Das ist lange vorbei und nun sind wir glücklich mit dir zusammen.«

»Wenn ich nach Savagor gehe, dann muss ich euch ja auch hier zurücklassen!«, sagte Sandra leise schniefend.

»Das bedeutet doch nicht, dass wir uns nie wieder sehen. So lange du noch jung genug bist, kannst du uns doch jederzeit hier auf der Erde besuchen«, beruhigte sie ihr Vater. »Sofern du die beiden uncoolen, peinlichen Alten noch sehen willst«, meinte er schmunzelnd und strich ihr zärtlich über die Nase.

Sandra senkte verlegen den Blick. »Hab ich das so oft zu euch gesagt?«

»Hmmm«, summte ihr Vater und nickte bekräftigend, worauf Sandra rot wurde. Er lachte auf und verstrubbelte ihr die Haare. »Kleiner Frechdachs!«

»Gar nicht wahr!«, maulte seine Tochter scheinbar beleidigt.

»Oh doch!«, bestätigte ihr Vater und pikste sie mit dem Zeigefinger in die Seite, worauf sie kichernd zusammenzuckte.

»Hör auf, du bist gemein!«, rief sie lachend.

»Und du siehst süß aus, wenn du dich ärgerst«, konterte ihr Vater schmunzelnd und streichelte ihr die Wange. »Na also, so gefällst du mir schon viel besser.«

Sandra warf ihm einen liebevollen Blick zu. »Danke«, sagte sie dann leise.

»Ich schlage vor, du schläfst erst einmal eine Nacht darüber und in den nächsten Tagen reden wir dann nochmals über alles.« Er nahm ihre Hand und streichelte sie zärtlich. »Einverstanden?«

»Einverstanden!«, bestätigte Sandra lächelnd und ließ sich zurück auf ihr Bett sinken.

»Dann sag ich schon mal gute Nacht«, meinte ihr Vater und drückte ihr einen Kuss auf die Wange.

»Gute Nacht, Paps«, antwortete seine Tochter und gab ihm ebenfalls einen Kuss.

Wie wird sich Sandra entscheiden? Wird sie nach Savagor gehen, oder auf der Erde bleiben? Wie geht es mit Ralf weiter? Das, werte Leser, dürfen Sie nun selbst entscheiden. Schreiben Sie die Geschichte weiter und erzählen sie selbst die Geschehnisse und Abenteuer, welche der jungen Frau noch bevorstehen. Sie haben nun zwei Welten zur Auswahl. Lassen Sie ihren Ideen und Ihrer Phantasie freien Lauf. Die fünf besten Geschichten werden in dem Buch ‚Abschiedsvorstellung für die Gartenschau' veröffentlicht.

Bitte senden Sie ihre Manuskripte bis zum 31. August 2019 als Email-Anhang im Word-Format (.doc, oder .docx) mit der Schrift ‚Times New Roman, Größe: 12 Punkte' an folgende Adresse:

antiquariat.noeck@gmx.de

Wir freuen uns auf Ihre Zusendungen!

Die Teilnahmebedingungen erhalten Sie entweder über die oben genannte Email-Adresse, oder telefonisch unter 07151 / 133 61 65. Sie dürfen auch gerne persönlich ins Antiquariat Der Nöck in der Zwerchgasse 6 in Waiblingen kommen.

Viel Vergnügen, Inspiration und gute Ideen wünscht Ihnen

Ralf Neubohn

Nachwort

Liebe Leser,

Sie sind nun an das Ende unseres kleinen Büchleins gekommen. Wir hoffen, Sie gut und abwechslungsreich unterhalten zu haben.

Falls Sie beim Lesen auf den Geschmack gekommen sind und den einen oder anderen Autoren für sich entdeckt haben, so gibt es von diesen viele weitere schöne Bücher bei mir im Laden zu entdecken.

Falls Sie nach dem Lesen dieses Buches noch Fragen, Anregungen, Vorschläge haben, können Sie sich gerne mit mir in Verbindung setzen. Ich bin offen für kreative Ideen. Ralf Neubohn, Antiquariat der Nöck, Zwerchgasse 6, 71332 Waiblingen, Telefon 07151 1336165, E-Mail: antiquariat.noeck@gmx.de

Unter dieser Adresse können Sie sich auch bei mir melden, falls Sie einmal eine Lesung buchen wollen.

Mit freundlichen Grüßen und bis bald?

Ihr Ralf Neubohn

Über den Autor Ralf Neubohn:

Ralf Neubohn hat bereits zahlreiche Bücher geschrieben bzw. herausgegeben und ist einem breiten Publikum durch regelmäßige Lesungen bekannt. Er betreibt ein angesehenes Buchantiquariat und fördert neue Autoren durch Herausgabe von Anthologien und Veranstaltung von Lesungen.

Er hat auch mehrere Literaturpreise gestiftet. Z.B. den „Neuen Literaturpreis Remstal".

Neubohn schreibt Krimis, Lyrik, heitere Romane und Kurzgeschichten.

Sein Kurzkrimiband „Neubohns Krimihäppchen" kommt bei den Lesungen immer besonders gut an. Bei den heiteren Büchern vor allem „Alle Autoren an Bord!" und „Im Tal der Autoren".

Beide Bände haben den Vorteil für die Leser, dass sie mit diesen einen humorvollen Blick hinter die Kulissen des Autorentums werfen können. Und das ist doch ganz interessant und lehrreich.

Lesetipp:

Ralf Neubohn und Michael Kerawalla: „Im Tal der Autoren"

Für dieses Buch schrieb Ralf Neubohn unter anderem folgende Texte:

Der Roman

Sam beendete 3 Jahre Schreibarbeit an seinem neuesten Roman mit einem guten Gefühl. Alle goldenen Regeln seines Verlegers fanden sich in dem Werk wieder. Anspruchsvoll geschrieben, ein kritischer Spiegel der Zeit und sorgfältig recherchiert.
Stolz begab er sich damit zu seinem langjährigen Verleger. Dieser las das Buch mit einem Stirnrunzeln durch und sprach die goldenen Worte: „Um erfolgreich zu sein, darf ein Roman nirgends politisch anecken. Streichen Sie daher bitte alle betreffenden Stellen. Natürlich wollen wir auch niemandes religiöse Gefühle verletzen oder Wirtschaftsbossen auf die Füße treten. Sie verstehen doch, dass diese Teile deshalb raus müssen. Zuviel Sex und Gesellschafts-kritik sind auch nicht mehr zeitgemäß, sie fallen ebenfalls weg. Natürlich wollen wir uns bei niemandem anbiedern und langweiligen Mainstream vermarkten, wir passen uns nur etwas der Zeit an." Damit gab er den von 520 Seiten auf 3 Seiten gekürzten Roman in Druck, der ein großer Erfolg wurde.

Zurück zu den Wurzeln

Seneca, Cato und Tolstoi hatten vollkommen recht: Nichts geht über das einfache Landleben. Weg von all dem unnötigen Schnickschnack zurück zum Urtümlichen. Nur von den allernotwendigsten Hilfsmitteln begleitet leben.

Während ich diese Zeilen auf meinen Laptop schreibe, geht draußen die Außenbeleuchtung automatisch an. Vermutlich ist eine Katze durch die Lichtschranke gelaufen. Ein Surren zeigt an, dass die Rollläden mittels Zeitschaltuhr pünktlich heruntergelassen werden. Ich gehe in die Küche aus der Tiefkühltruhe frisches Gemüse für die Mikrowelle holen. Unterwegs blinkt mich im Flur das drohend rote Auge des Anrufbeantworters an. Aus dem Büro höre ich das Fax nach neuem Papier fiepsen und Informationen aus dem Internet plärren.

Bei so viel Stress starte ich mittels Fernbedienung erstmal eine Musik-CD und gönne mir aus der chromglitzernden Expressomaschine ein Anregungsmittel. Zwischenzeitlich ist das Gemüse fertig geworden. Es hat dieses Mal 1 skandalöse Minute länger gedauert! Zeit die alte Mikrowelle gegen eine schnellere auszutauschen! Ich muss wegen eines neuen Navigationsgerätes sowieso in die Stadt.

Im Esszimmer angekommen greife ich zur Gabel, als sowohl das Handy klingelt, als auch das E-Mail Postfach nach mir verlangt. Doch die müssen beide in die Warteschleife, da pünktlich zum Essen im Fernsehen meine Lieblingsserie startet, die ich auf dem extragroßen LCD-Bildschirm sehe.

Mittels Fernbedienung schalte ich die Heizung etwas höher und genieße die Wärme und das Mikrowellengemüse sehr.

Ja, die großen Denker wussten, was sie sagten: NICHTS geht über das urtümliche, einfache Landleben! Zurück zu den Wurzeln!

Lesetipp:

Ralf Neubohn und Michael Kerawalla:
„Galaabend für die Gartenschau"

Die folgende Textprobe ist von Ralf Neubohn:

Sensation

Als ich mich eines Tages nach einer Lesung bei den Kuben auf den Heimweg machte, erfüllte mich noch lange danach eine große Zufriedenheit. Nichts, aber auch gar nichts ist so schön, wie auf der wunderbaren Gartenschau zu lesen. Plötzlich riss mich ein außergewöhnlicher Anblick aus den Gedanken. Ein ungeheuer großer Fluss mündete in die Rems. So breit, wie der Amazonas. Ob es darin auch Kaimane gab? Oder gar Piranhas? Welcher gewaltige Strom mündete überhaupt hier in die Rems? Der Neckar? Aber der war doch nicht so ein gewaltiger, reißender Strom? Rätselhaft. Noch nie hörte ich von diesem beeindruckenden Naturereignis. Daheim schlug ich in mehreren Waiblinger Büchern über dieses Wunder nach, auf der Suche nach dieser gigantischen Überraschung. Dann fand ich endlich die Wahrheit. Nicht zu glauben. Die völlig verblüffende Antwort lautete: Kätzenbach! War der echt so groß? Hatte ich zu lange in der heißen Sonne vorgelesen? Die Leser dieses Buches können bei ihrem nächsten Besuch der Gartenschau selbst nachprüfen, welche der beiden Lösungsmöglichkeiten die Richtige ist.